杨 雪
———著

沧海
CANGHAI
FANZHOU
泛舟

中国铁道出版社有限公司
CHINA RAILWAY PUBLISHING HOUSE CO., LTD.

图书在版编目（CIP）数据

沧海泛舟 / 杨雪著 . -- 北京 : 中国铁道出版社有限
公司 , 2025. 1. -- ISBN 978-7-113-31703-4

Ⅰ. I227

中国国家版本馆 CIP 数据核字第 2024PB1105 号

书　　名：沧海泛舟
　　　　　CANGHAI FANZHOU
作　　者：杨　雪

责任编辑：王伟彤　　　编辑部电话：（010）51873345
封面设计：郑春鹏　赵　兆
责任校对：刘　畅
责任印制：赵星辰

出版发行：中国铁道出版社有限公司（100054，北京市西城区右安门西街 8 号）
网　　址：https://www.tdpress.com
印　　刷：北京盛通印刷股份有限公司
版　　次：2025 年 1 月第 1 版　2025 年 1 月第 1 次印刷
开　　本：880 mm × 1 230 mm　1/32　印张：9.75　字数：252 千
书　　号：ISBN 978-7-113-31703-4
定　　价：68.00 元

目 录

第一辑 人生感悟

人生如茶 … 003

人生如歌 … 006

人生如海 … 008

人生如画 … 010

人生如梦 … 012

人生如伞 … 015

人生如诗 … 017

人生如书 … 020

人生如水 … 022

人生如松 … 024

人生如戏 … 026

人生如线 … 028

人生如玉 … 030

夫妻就像一双鞋 ··· 032

夫妻就像两扇门 ··· 034

母亲是酸父亲是碱 ··· 036

生活的剪刀 ··· 037

卧 ··· 039

中　心 ··· 041

坐电梯 ··· 043

在阳光下亮剑 ··· 045

沧海泛舟 ··· 047

/ 第二辑 / *万物之灵* /

我是一把钥匙 ··· 051

我是一把忠诚的扫帚 ··· 053

我是一滴水 ··· 055

我是一滴有骨头的水 ··· 057

我是一个高压锅 ··· 059

我是一个酒杯 ··· 061

我是一个陀螺 ··· 063

我是一棵槐树 ··· 065

我是一块坚硬的石头 ··· 067

我是一块毛巾 ··· 069

我是一缕行走的阳光 ··· 071

我是一条毛毛虫 ··· 073

我是一只螃蟹 ··· 075

一滴污水 ··· 077

水稻自述 ··· 079

山　水 ··· 081

/ 第三辑 / 壮美河山 /

登长城 ··· 085

黄河壶口瀑布 ··· 087

友谊关 ··· 089

娘子关 ··· 091

井研县大佛湖 ··· 093

龙门水都玻璃桥 ··· 095

龙门水都开天斧 ··· 097

游龙门水都 ··· 099

龙门雅韵 ··· 101

赏龙门水都莲海 ··· 103

龙吟宝塔 ··· 105

南宁凤凰谷 ··· 107

武鸣区陆斡镇育秀村剑江河 ··· 109

武鸣区陆斡镇育秀村无名河 ··· 111

千户苗寨的眼睛 ··· 113

龙城紫荆花出嫁 ··· 115

薛宝钗 ··· 119

林黛玉 ··· 121

贾元春 ··· 123

贾探春 ··· 125

史湘云 ··· 127

妙　玉 ··· 129

贾迎春 ··· 131

贾惜春 ··· 133

王熙凤 ··· 135

贾巧姐 ··· 137

李　纨 ··· 139

秦可卿 ··· 141

唐　僧 ··· 144

孙悟空 ··· 146

猪八戒 ··· 148

沙　僧 ··· 150

李　煜 ··· 152

王羲之 ··· 154

李白的诗 ··· 156

李白的书法 ··· 158

李白的剑 ··· 160

／ 第五辑 ／◦ **咏物抒怀** ／

菜 刀 … 165

锄 头 … 167

电线杆 … 169

订书机 … 171

高速公路 … 173

锅 铲 … 175

红 薯 … 177

花 瓶 … 179

花 生 … 181

火 … 183

剪 刀 … 185

空心菜 … 187

苦 瓜 … 189

苦楝树 … 191

榴 梿 … 193

南 瓜 … 195

苹 果 … 197

太阳能路灯 … 199

蜗 牛 … 201

西 瓜 … 203

新华字典 … 205

洋 葱 … 207

饮水机 … 209

指南针 … 211

一枚补丁 … 213

/ 第六辑 / **音乐诗韵** /

吹笛子 … 217

吹口琴 … 219

弹吉他 … 221

反弹琵琶 … 223

打架子鼓 … 225

拉二胡 … 227

马头琴 … 229

吹唢呐 … 231

听空灵鼓 … 233

听一曲高山流水 … 235

唱一首心中的歌 … 237

一杯诗酒醉心底 … 239

床是一本新华字典 … 241

想为你写首诗 … 243

/ 第七辑 / **数字之花** /

家是一个积 … 247

小时候写数字 … 249

一和二和谐统一 ··· 251

一和三的感情真挚 ··· 253

三和五的精彩人生 ··· 255

四和五是好兄弟 ··· 257

五和六同台竞技 ··· 259

六和九的爱情甜蜜 ··· 261

七和八是恩爱的夫妻 ··· 263

十为九遮风挡雨 ··· 265

九九归一 ··· 267

求　和 ··· 269

第八辑　五味杂陈

六一儿童节 ··· 273

冲锋号 ··· 275

堵　车 ··· 276

换鞋奔跑 ··· 278

回南天 ··· 280

会议室 ··· 281

奖　状 ··· 283

解读公文包 ··· 285

买黄瓜 ··· 287

撬起不思悔改的石头 ··· 289

烧鸡的味道 ··· 291

挑山工 … 293

无私的氧气 … 295

心　门 … 297

一朵巡游的白云 … 299

一面委屈的镜子 … 301

第一辑

人生感悟

人生如茶

产地不同

但生长的轨迹相同

品种不同

但交流的思想相通

在芬芳的泥土长芽

吸收天地之灵气

带着青葱梦想离家

翻晒在明媚的阳光下

浓缩人生的精华

试一下人生的水

洗净一身铅华

浸泡在社会的杯子

第一次浸泡

感受水的温度

跌跌撞撞

泡出苦不堪言的味道

第二次浸泡

朝气蓬勃

舒展青春靓丽的身材

泡出香飘四溢的味道

第三次浸泡

阅历丰富

沉到杯底

泡出醇厚的味道

第四次浸泡

趋于平和

泡出淡淡的味道

品茶时放下执念

每抿一口

都是回味人生的故事

品一壶茶

就是一次修身养性

 赏析

　　人生如茶的比喻十分贴切，充满哲理。人生就像一杯茶，不同的产地，相同的生长轨迹，象征着每个人虽然有自己独特的人生，但都有着相似的经历。在泥土中生长，受雨露精华的滋养，然后离开泥土，去追求梦想。

　　在阳光下翻晒，洗净一身铅华，象征着我们需要不断反思，去掉世俗的尘埃，展现出真实的自我。社会的杯子浸泡着我们，象征着我们在社会中的历练。水的深度和温度，象征着人生的困境和挑战。

　　的确，人生就像茶叶，经历不同的阶段，磨砺会使人生更加丰富多彩。

　　第一次浸泡，我们初入社会，面临种种困难和挑战，就像茶初入水，味道苦不堪言。但正是这段经历，让我们懂得了生活的不易。

第二次浸泡，我们正值青春，充满活力，就像茶在阳光下舒展，散发出香飘四溢的味道。这段时光，我们尽情挥洒，追求梦想。

第三次浸泡，我们阅历丰富，沉稳内敛，就像茶沉淀在杯底，味道更加醇厚。我们开始明白，生活的真谛不在于表面的繁华，而在于内心的沉淀。

第四次浸泡，我们趋于平和，看淡世事，生活就像茶的味道一样，散发淡淡的幽香。我们学会了放下执念，以更加宽容的心态面对世界。

每一口茶，都代表着我们人生的一个阶段。每一壶茶，都让我们得到一次修身养性。品茶的过程，就是品味人生的过程。只有放下执念，才能真正享受生活的美好。

人生如歌

唱一曲儿童之歌
节奏简单
像山中的泉水纯净而甜美

唱一曲少年之歌
节奏轻盈
像天上的白云洁白而飘逸

唱一曲青春之歌
节奏欢快
像大海的波涛壮阔而浪漫

唱一曲中年之歌
节奏平和
像秋天的稻谷沉稳而丰富

唱一曲老年之歌
节奏自如
像冬天的白雪宽容而美丽

人生如歌
自己是歌手
社会是舞台

和谐的家庭是曲调
奋斗的历程是歌词

独唱还是合唱
自己把握时机
幼年少年青年中年老年
排列成一串闪光的五线谱
演奏人生优美的交响曲

赏析

　　诗歌生动地描绘了人生的各个阶段，如同歌唱的不同曲目。有儿童时期的纯净甜美、少年时期的洁白飘逸、青年时期的欢快壮阔、中年时期的沉稳平和、老年时期的宽容美丽。每一个时期都有独特的节奏和色彩。

　　在整个过程中，我们都是自己人生的歌手，社会是我们的舞台，家庭是我们的曲调，奋斗的历程是我们的歌词。无论是独唱还是合唱，我们都应把握时机，尽情演绎自己的人生之歌。

　　幼年、少年、青年、中年、老年，这些阶段排列成一串闪光的五线谱，演奏出人生优美的交响曲。在这个过程中，我们经历成长、感悟、收获和宽容，最终绘就了属于自己的人生画卷。

人生如海

当太阳升起
送上波光粼粼的希望
当太阳落下
绽放满天彩霞
送进丝丝温柔的梦乡
哺育芸芸众生
不忘提供舒适的避风港

面对汹涌而来的威胁
发出震耳欲聋的声响
面对坚硬的礁石
也要顽强地冲过去
敞开宽广的胸怀
让万千河流归顺
忍一时风平浪静
退一步广阔天空

收起潮起潮落的心情
泛起生活浪漫的花朵
深不可测的哲学
吸引地球和月亮探索
人生如海
享受平静如镜的祥和
书写波澜壮阔的华章

赏析

这首诗以海洋为比喻，描绘了人生的波澜壮阔和丰富多彩。诗人通过对太阳的升起和落下，以及海洋的宽广和深邃的描绘，展现了人生的希望、温柔、坚韧和探索。

白天，太阳照耀着海洋，带来波光粼粼的希望；夜晚，虽然太阳落下，但天空绽放出满天彩霞，让人在梦境中也能感受到丝丝温柔。海洋不仅哺育了芸芸众生，还为疲惫的船只提供了避风港。面对威胁时，海洋发出震耳欲聋的声响，展示出坚定的决心；遇到坚硬的礁石，海洋也毫不退缩，顽强地冲过去。海洋敞开宽广的胸怀，让万千河流归顺，这象征着包容与宽恕。

"忍一时风平浪静，退一步广阔天空"，在人生道路上，我们需要学会调整心态，以平和的心态面对困境，从而获得更广阔的人生视野。同时，潮起潮落的心情也代表着人生的起伏变化，我们需要学会适应并欣赏这些变化。这首诗还强调了人生的深度和广度，深不可测的哲学吸引着地球和月亮探索，生动而形象。人生如海，享受平静如镜的祥和，用智慧书写自己波澜壮阔的华章。

这首诗以富有哲理的内涵和优美的诗句，启发了我们去思考人生的真谛，引导我们以更积极的心态去面对生活的挑战，不断追求内心的成长和升华。

人生如画

心灵是干净的纸张

时光是神笔马良

酸甜苦辣作为基调

为自己画好人生的像

以高山为背景

挺直铁骨铮铮的脊梁

以鲜花为背景

心中绽放浪漫的光芒

以江河为背景

心中充满忠诚的信仰

无论身处何方

五官端正是铁定的方向

即使低到尘埃里

眼里也要发出明亮的光

相貌威武

也要勾勒出心中的善良

即使顶着风雨

英气的头发依然根根站岗

人生是五彩的画

结构用心灵准确测量

涂上快乐的黄色

驱散冬天飘飞的风霜

涂上悲伤的蓝色

宣泄内心无助的凄凉
涂上鲜艳的红色
把生活的激情点燃
涂上自己真实的颜色
每一笔都是珍贵的过往

 **赏析**

　　诗歌饱含深情，将人生比喻为一幅画，巧妙地运用了各种元素，从心灵、时光、酸甜苦辣，到高山、鲜花、江河，以及五官端正、威武形象等。这不仅勾勒出了人生的丰富多彩，也展现了人生百态。

　　在这幅人生画卷中，我们用干净的心灵纸张，以时光神笔描绘出酸甜苦辣的基调，高山、鲜花、江河等背景衬托出人生的壮丽。无论身处何方，我们都要以五官端正为目标，即使低到尘埃里，眼中也要发出明亮的光；即使在风雨中，英气的头发依然根根站岗，展现出坚韧的品格。

　　人生这幅画，要用五彩斑斓的色彩来填充。快乐的黄色驱散风霜，蓝色的悲伤宣泄内心的凄凉，红色把生活的激情点燃，真实的颜色描绘出珍贵的过往。每一笔都是我们人生中的独特印记，汇聚成一幅属于自己的画卷。

　　在这幅人生画卷中，我们要用心灵准确测量画面的结构，用心涂抹每一笔色彩，让人生充满诗意和温暖。因为人生如画，我们就是那画中的主角，用自己的方式绘制出一幅独具特色的人生画卷。

人生如梦

人生如梦
心怀七彩的梦想
把蓝图画在蓝天上
背起简单的行囊
就像夸父追赶太阳
梦想照亮现实的光芒

人生如梦
不做私心杂念的梦
睡觉逐渐进入梦乡
不做黄粱梦
竹篮打水空一场
不做扬州梦
不虚度青春好时光

人生如梦
来去匆匆无痕迹
记住荡气回肠的过往
对于零零碎碎的不幸
没有必要流泪悲伤
把别人的噩梦读懂
从此自己不再效仿

人生如梦
梦里流出珍贵的泪水
醒来小心翼翼地收藏
梦里惊魂未定的事
醒来反反复复地思量
梦里软弱无能
醒来挺直坚硬的脊梁

人生如梦
托梦
闪着智慧光芒的理想
寻梦
找准太阳升起的方向
追梦
迈着铿锵脚步的力量
解梦
留一半清醒留一半醉
梦里人生才能明亮

赏析

　　诗歌表达了对人生的独特见解，将人生比喻为梦境，富有诗意。在诗歌中，有许多关于梦的元素，如梦想、过往、泪水、清醒与醉意等。这些元素相互交织，展现了人生的丰富多彩。

　　同时，诗歌中也传达了一种积极向上的人生态度。诗歌强调不要做私心杂念的梦，不要为零零碎碎的不幸流泪悲伤，而是要勇敢面对生活的挑战。在梦中，我们可以找到珍贵的泪水，醒来后小心翼翼地收藏。这种泪水象征着人生中所经历的喜怒哀乐，是我们成长的宝贵财富。

　　诗歌最后提到了托梦、寻梦、追梦和解梦。这四个过程可以看作在人生中追求的闪着智慧光芒的理想。我们要找准太阳升起的方向，迈着铿锵的脚步，勇往直前。在追求梦想的过程中，我们需要保持一半清醒一半醉的状态，这样才能让人生更加明亮。

　　诗歌深入浅出地阐述了人生的真谛，强调了积极向上的人生态度，鼓励我们勇敢追求梦想，珍惜生活中的每一个瞬间。人生如梦，梦境与现实交织，我们需要在这个多彩的世界里，活出自己的精彩。

人生如伞

人生如伞
胸怀坦荡
亮出忠实的后背
献给宽广的上苍

人生如伞
打开宽大的伞布
心中充满铮铮傲骨
才能伸缩自如

人生如伞
抬头看好路
握住坚实的伞把
才能把控前进的方向

人生如伞
面对狂风暴雨
要及时收起
不让伞伤了自己的身体

人生如伞
撑起自己的天空
踏出矫健的步伐
不需要别人的保护

赏析

这首诗歌以"人生如伞"为主题，通过比喻的手法将人生与伞相结合，表达了人生的不同阶段和对待人生的态度。

"人生如伞，胸怀坦荡，亮出忠实的后背，献给宽广的上苍。"这段表达了人生之初，胸怀坦荡，无拘无束，忠诚地面对生活的美好。

"人生如伞，打开宽大的伞布，心中充满铮铮傲骨，才能伸缩自如。"这段描述了人在成长过程中心胸开阔，充满自信和傲骨，从而能够在生活中灵活应对。

"人生如伞，抬头看好路，握住坚实的伞把，才能把控前进的方向。"这段提示人们在人生道路上要明确目标、坚定信念，才能把握住前行的方向。

"人生如伞，面对狂风暴雨，要及时收起，不让伞伤了自己。"这段告诫人们在面对生活中的困难和挫折时要懂得自我保护，以免受到伤害。

"人生如伞，撑起自己的天空，踏出矫健的步伐，不需要别人的保护。"这段鼓励人要独立自主，勇敢面对生活，撑起自己的一片天。

诗歌通过"人生如伞"的比喻，展示了在人生的不同阶段，要保持胸怀坦荡、自信独立，更要勇敢地面对挫折和困难。

人生如诗

呱呱落地
是向人间报到的第一声用语
吮吸的每一口乳汁
都转化为美好的诗句

儿童时期的诗
童言无忌的诗句
每念出一句
都充满童趣
小溪边田地里
到处都是纯洁的诗句

青年时期的诗
遵循平仄押韵对仗的格律
在朦胧的世界里
书写云朵飘游的痕迹
在春风吹拂下
鲜艳的桃花长出诗句
激情的朵朵浪花
追逐音律的高低

中年时期的诗
油盐柴米就是好诗句

写一半词语留一半余地
沉稳铿锵的脚步
踏出淳朴飘香的诗句
每一个经过打磨的词语
逼真得不留痕迹

老年时期的诗
每一个词语
都飘着智慧的香气
每一句诗
意境和意象结合紧密
每一句诗
都经过岁月的洗礼
每一首诗
都充满高深的哲理

一首诗没有主题
再漂亮的句子都会变成散句
有了主题不去书写
就会变成苍白的诗句
自己的诗符合哪种体裁
就像量体裁衣
做最好的自己

赏析

人生如诗，的确如此。从出生到离世，每个阶段都如不同的诗。诗里记录了我们的成长、感悟和体验，见证了我们人生的点点滴滴。

童年时期的诗，如同未经雕琢的璞玉，质朴无华，却充满童真。我们在田野间、小溪畔，与大自然共舞，用纯真的心灵感受这个世界的美好。

青年时期的诗，追求平仄押韵，对仗工整，我们在朦胧的情感世界中，描绘着心中那片美好的天空。春风吹过，桃花盛开，诗篇中留下了我们青春的足迹。

中年时期的诗，沉稳有力，犹如经过磨砺的珍珠。我们从琐碎的生活中提炼出诗意，每一句诗都散发着生活的气息，透露出我们对人生的深刻理解。

老年时期的诗，字字珠玑，充满智慧。每一句诗都蕴含着人生的哲理，让我们在回顾过往的同时，也为后人留下宝贵的财富。

一首诗，如果没有主题，再华美的句子也只是散句。有了主题，却不倾注心血去书写，也会变得苍白无力。因此，我们应当按照自己的喜好和特长，创作出属于自己的诗篇，展现出最真实的自己。

人生如诗，每个阶段都有其独特的韵味。让我们用心去体会人生，用诗意的眼光看待世界，将自己的故事书写得更加精彩。

人生如书

父母帮起的书名
自己是作者
封面简洁明了
从出生的哭声开始
写到童年的天真烂漫
写到青年的青葱岁月
写到中年的成熟稳重
写到老年的睿智豁达
每一个有内涵的章节
都用心灵书写
不以页数判断深度
只在乎内容精彩的程度
少一些乏味的字眼
多一些值得回味的细节
一本朴实无华的书
让后人慢慢阅读
每一个精彩的故事
都转化为哲学的丰碑

赏析

　　人生如书，封面简洁明了，书名由父母为我们而起，从出生的哭声开始记录我们成长的点点滴滴。童年的天真烂漫，犹如一幅幅五彩斑斓的画卷，镌刻在心灵深处。青年的青葱岁月，激情澎湃，充满梦想与希望。随着岁月的流转，我们步入了中年，成熟稳重，肩负起家庭与社会的责任。此时的我们，如同一颗璀璨的明珠，散发着稳重而深邃的光芒。到了老年，我们拥有了睿智豁达的心态，对人生有了更深刻的感悟。

　　这本书，每一个有内涵的章节都由我们用心灵书写，不以页数判断深度，只在乎内容精彩的程度。在书中，我们力求少一些乏味的字眼，多一些值得回味的细节。这是一本朴实无华的书，让后人慢慢阅读，品味其中的智慧与哲理。

　　在人生这本书中，每一个精彩的故事都转化为哲学的丰碑，让我们在人生的道路上不断前行，追求更高更远的目标。人生如书，书的内涵无限，值得用一生去书写，去品味，去传承。

人生如水

"哺乳"世间万物

身体消瘦不要回报

强扭的瓜不甜

顺其自然就好

沸点偏低

青春像无法站立的枯草

沸点正常

青春像热情奔放的火苗

筑牢奋斗的堤坝

青春就不会漏掉

就算在人间蒸发

也要变成白云飘飘

撑好一路航行的帆船

在风雨中不会被吹倒

对待身心冰冷的人

爱的温情将他浸泡

对待破坏规矩的人

心中掀起愤怒的波涛

面对风雪的严峻挑衅

周身武装起坚硬的棱角

常在河边走哪有不湿鞋

记住千年不变的教导

胸怀曾经沧海的理想

一路浩浩荡荡奔跑

付出无悔的韶华

深情地拥入大海的怀抱

赏析

　　这首诗以"人生如水"为主题，巧妙地用水元素的特性来比喻人生的不同阶段和遭遇。诗中提到水"哺乳"世间万物，象征人生的无私奉献；强扭的瓜不甜，暗示我们要顺其自然，不能强求；沸点偏低，青春像无法站立的枯草，描述青春时期的困惑和挑战；沸点正常，青春像热情奔放的火苗，展现了青春的热情与活力。

　　此外，诗中还提到筑牢奋斗的堤坝，意味着要为人生奋斗，青春才不会漏掉；在人间蒸发也要变成白云飘飘，表达了人生的无常和对梦想的追求。撑好一路航行的帆船，在风雨中不会被吹倒，教导我们要坚定信念，勇往直前。

　　至于对待身心冰冷的人，爱的温情将他浸泡，说明要用爱心去感化"冰冷"；对待破坏规矩的人，心中掀起愤怒的波涛，表示对不公平现象的抗议；面对风雪的严峻挑衅，周身武装起坚硬的棱角，象征着要有坚定的信念和勇气去面对困难。

　　常在河边走哪有不湿鞋，要记住千年不变的教导，胸怀曾经沧海的理想，一路浩浩荡荡奔跑，付出无悔的韶华，深情地拥入大海的怀抱，意味着在人生的历程中，要勇往直前，不断追求，最终奔向成功的目标。

人生如松

就是长在悬崖峭壁

也要追求向上的高度

即使千斤重担压身

坚硬的脊梁也会挺住

伸出修长的手臂

勇斗严寒酷暑

钢针般的意志

不向电闪雷鸣屈服

朴实而有力的根部

深深地扎进泥土

在呼啸的涛声中

扬起傲世的风骨

如一把大伞

撑着吉祥和幸福

四季常青不老

有不屈不挠的风骨

人生如松

飞向蓝天的理想义无反顾

在逆境与顺境中生长

品质如秋月冰壶

赏析

  人生如松，写出了人生的坚韧和不屈不挠的精神。松树生长在险峻的环境中，依然能顽强地向着阳光生长，正如我们在生活中遇到困境时，也要有坚定的信念，勇往直前。

  松树在严寒酷暑、电闪雷鸣中依然屹立不倒，象征着在人生的道路上，也要有坚定的信念和毅力，不屈服于任何困难和挑战。同时，松树的根深深扎进泥土，体现了在追求人生目标的过程中，要脚踏实地，稳扎稳打。

  人生如松，还要学会像松树一样弯曲，既能抵抗风雨，又能适应环境。在逆境与顺境中生长，不受外界环境的干扰，保持内心的平和与坚定。这种品质正如秋月冰壶，清澈透明，不畏浮华尘埃。

  总之，人生如松，意味着我们要具备松树般的坚韧、顽强、适应力和不屈不挠的精神，飞向蓝天的理想义无反顾，勇往直前。在逆境与顺境中生长，保持内心的清澈与坚定，战胜一切困难，成就一番事业。这样的人生才能如松一般四季常青，展现出无畏的风骨。

人生如戏

人生如戏

站在社会的大舞台

当好主角

把戏演好

当好配角

不在乎荣耀

有些人演技好

受到吹捧

其实不是真实的自己

有些人演技不好

受到贬低

其实留住了真实的自己

有时候自己是演员

有时候自己是观众

有时候演的是别人

对号入座的是自己

上不了台虽有演技

让人惋惜

上了台没有演技

让人痛惜

少年搭舞台

青年来演戏

中年来报幕

老年当观众
戏里人生
不在乎演技
做真实的自己

赏析

"人生如戏"是一句有哲理的话，人的一生充满了戏剧性，在不同的角色中要保持真实的自我。生活中，我们时而扮演演员，时而扮演观众，但不论何时，都应该关注内心的真实，而不是过分追求外在的荣耀与成就。

年轻时搭建舞台，青年时投身表演，中年时为他人喝彩，老年时欣赏人生百态。在每个阶段，我们都有各自的角色与使命，但最重要的是在人生这场戏中找到真实的自己。

这首诗告诫我们，不要过分在意演技的好坏，因为人生并非只有表演和评判。人生的价值在于真诚地面对自己，活出真实的人生。许多文人墨客也借助诗词歌赋来抒发对人生的感悟，强调做真实的自己，从而获得内心的安宁与快乐。

这首诗传达了珍惜人生、勇敢面对自己、真实表现内心的信念。愿我们在人生的舞台上，无论扮演何种角色，都能做到如诗中所言：不在乎演技，做真实的自己。

人生如线

人生像直线

站在起点

理想无限延伸

人生像线段

生命有两个端点

珍惜走过的每一步

人生像射线

固定好起点

义无反顾地奔向远方

在线段的中点

一半留给长辈

一半留给晚辈

人生像垂直线

挺直脊梁站在地平线上

人生像平行线

保持一定距离

学会忍让永不相撞

人生像相交线

在精神的世界里

碰撞思想的火花

人生像异面直线

不同的精神境界

活出自己的模样

人生像对称线

得与失平衡就无怨无悔

 ## 赏析

　　这首诗用生动的比喻，描绘了人生的各种阶段和境遇。人生如线，贯穿了我们的成长、奋斗和感悟。无论我们是直线、线段、射线，还是垂直线、平行线、相交线，每一个转折点和经历都使我们更加成熟，塑造了我们独特的个性。

　　在人生的道路上，我们承载着长辈的期望，肩负着对晚辈的责任。学会忍让、保持距离、避免碰撞，同时在生活中寻找属于自己的方向。我们在人生的舞台上无怨无悔地平衡得与失。

　　正如诗中所说，人生如线，充满了无限的可能。珍惜每一步，把握住每一个机遇，勇往直前，活出自己的精彩。面对不同的精神境界时，我们要像异面直线一样，保持独立和坚韧，树立信念，追求梦想。

　　在这个充满变数的世界里，我们要学会适应，与周围的人和谐共处，同时保持自己的独特性。如同对称线一样，在生活中找到得失之间的平衡，让自己的人生更加美满。

　　人生如线，无论我们是直线、线段还是射线，都要勇敢地追求梦想，义无反顾地奔向远方。在这个过程中，会遇到各种困难和挑战，但只要坚守信念，平衡得失，必能活出自己的精彩。

人生如玉

一块懵懵懂懂的玉石
从母体分娩而出
玉不琢不成器
用春天温暖的风刀
小心翼翼地切割
将人生的理想设计
不弄伤玉石的身体
用夏天滚烫的风刀
削去外部多余的杂质
烙下身上清晰的痕迹
用秋天严肃的风刀
削去内部留下的瑕疵
用冬天冰冷的风刀
考验玉石坚强的体质
用岁月的打磨机
把玉石精雕成器
用精神的抛光机
把成型的玉器
抛得高贵典雅
抛得内敛含蓄
用高度的酒精洗礼
避免心怀鬼胎者的侵袭
上一层光滑的蜡
让玉的人生更加有价值

赏析

　　人生恰似一块懵懵懂懂的玉石，从母体里分娩而来。玉不琢不成器，于是，在人生的春天，我们小心翼翼地接受着各种磨砺，接受着春风的洗礼，春风犹如一把温暖的风刀，切割着心灵的杂质，巧妙地为我们设计人生的理想，但不会伤害我们的本质。

　　随着夏天的来临，我们迎来了滚烫的风刀，它削去我们外部多余的杂质，让我们在人生的旅程中不断精炼自己。秋天的风刀严肃而严谨，它深入内心，削去内部的杂质和瑕疵，让我们更加完美。

　　然而，人生的冬天并不容易度过，寒冷的风刀考验着我们的毅力，考验着我们的信念。在这个过程中，我们学会了坚持，学会了勇敢面对困难。岁月的抛光机如同人生的磨砺，让我们的人生更加光滑，更加有价值。

　　最后，在人生的腊月，我们用高度的酒精洗礼，避免心怀鬼胎者的侵袭。上一层光滑而安全的蜡，我们的内心更加纯洁，我们的生命更加有意义。人生如玉，每一个阶段都有其独特的意义和价值，只有经历了这些风雨，才能成为一块真正有价值的玉石。

夫妻就像一双鞋

夫妻就像一双鞋

款式一模一样

才能在光天化日下行走

一前一后

才能走在前进的道路上

一左一右

估计是闹了别扭

同时向前跳动

那是心灵步调和谐

一路上走久了

需要停下来歇一歇

倒出硌脚的沙子

两只鞋都耐磨

才能同时走到终点

如果一只鞋先磨坏了

另一只鞋就会伤心欲绝

赏析

　　这首诗描述了夫妻之间的关系，形象地将夫妻比喻成一双鞋。这里的鞋子象征着夫妻间的相互陪伴、默契与责任。鞋子的款式相同，代表夫妻展现出和谐的一面，保持一致的步伐，而一前一后、一左一右行走，则暗示夫妻之间也会有一些小的摩擦和分歧。

　　同时向前跳动，表示夫妻心灵步调和谐，这是维持婚姻的关键。当路走得久了，需要停下来歇息，倒出硌脚的沙子，这象征着在婚姻中要不断调整自己，为对方付出，解决彼此间的矛盾。两只鞋都耐磨，才能走到终点，意味着夫妻要共同经历风雨，相互扶持，若互相陪伴的一只鞋先磨坏了，另一只鞋会伤心欲绝。

　　总之，这首诗传达了夫妻之间要相互理解、包容、扶持和关爱，才能共度一生的美好愿景。

夫妻就像两扇门

夫妻就像两扇门

把家当作黄金屋

一左一右站立

分清责任和义务

毁掉其中一扇

难以挡住飘来的风雨

高度相等

才能举案齐眉地守护

门板有厚度

才能防止外界的侵入

要想不留下漏洞

就需要不断地消毒

门后

是别人看不见的酸楚

门前

是别人看得见的光鲜外部

家门紧锁

用生命守卫子孙的财富

家门虚掩

释放心中那一份份的孤独

家门大开

守望魂牵梦萦的情愫

赏析

　　这是一首描绘夫妻关系的诗歌，以"门"为比喻，形象地阐述了夫妻在家庭中的地位和相互关系。两扇门相互配合，共同守护家庭，象征着一个完整的家庭需要夫妻双方共同努力和相互支持。

　　这首诗强调了夫妻之间要明确责任和义务，相互扶持。夫妻双方如同门的一左一右，共同承担家庭的重任。夫妻之间要有相同的价值观，这样才能举案齐眉，共同守护家庭。

　　门板有厚度才有防御功能，象征夫妻之间的信任和忠诚。只有保持家庭的完整性，才能抵御外界的侵害。夫妻双方要不断自我完善，相互关爱，以消除家庭中的漏洞。

　　门后是家庭中不易察觉的艰辛，门前则是展示给外界的美好形象。家门紧锁，象征着夫妻用生命守护家庭的财富；家门虚掩，表达了内心的孤独；家门大开，寓意着夫妻殷切地期待儿女的归来。

　　这首诗展示了夫妻关系的真谛，强调了家庭和谐的重要性。夫妻理解和尊重彼此的付出，共同努力，才能更好地维护家庭的幸福和美满。

母亲是酸父亲是碱

母亲是酸
父亲是碱
在家庭的容量瓶里
产生化学反应
生成晶莹剔透的盐
温柔善良的水
盐在水中尽情地溶解
我是一个感恩的杯子
盛装幸福的滋味

赏析

这是一首描绘家庭关系的诗歌，将父母比喻为酸和碱，寓意他们在生活中相互融合、互补不足。在家庭这个容量瓶中，父母之间的化学反应生成了孩子，这些晶莹剔透的盐象征着孩子独特的品质和优点。

盐在水中溶解，代表孩子在家庭环境中茁壮成长，吸收着父母双方的优点。作为感恩的杯子，孩子承载着家庭的幸福滋味，将这份美好传递给下一代。

这首诗表达了对家庭的热爱和对父母养育之恩的感激，同时也展现了家庭成员之间相互关爱、包容和成长的过程。在传统文化中，家庭观念至关重要，这首诗正是强调了家庭和谐、亲子关系的重要性。

生活的剪刀

两条修长的刀臂
切去长而宽厚的脸面
磨平性格上的缺点
刀刃形成一个斜面
两个斜面紧紧拥抱
相互的关系才能默契
中间那根可靠的轴
是剪刀运动的支点
做生活的相对运动
不管怎样摩擦
也要发出咔嚓声的诺言
手柄灵活机动
全靠手臂艺术的施展
两条刀臂"心心相印"
才能剪下光辉的岁月

赏析

　　这首诗描述的是生活的剪刀，通过形象的比喻，展现了生活中种种挑战和磨砺。剪刀的两条修长刀臂象征着生活中的困难和挑战，我们需要克服这些困难，才能成长和进步。脸面代表我们的性格和习惯，我们需要勇敢面对自己，削减不良习惯，磨平性格上的缺点。

　　剪刀的刀刃形成一个斜面，表示我们需要调整自己的心态和视角，以适应不断变化的环境。两个斜面紧紧拥抱，意味着人与人之间要相互理解和包容，才能形成默契。中间的轴是剪刀运动的支点，象征着稳定的关系，我们需要在人际关系中找到平衡，才能共同成长。

　　在生活中，我们会遇到各种摩擦和挑战，但我们要像剪刀一样，发出坚定的声音，坚守信念。手柄灵活机动，表示我们需要善于调整自己，能应对各种变化。两条刀臂"心心相印"，代表着我们需要携手同行，共同面对生活的挑战，剪下光辉的岁月。

　　总之，这首诗鼓励我们要勇敢面对生活的磨砺，不断成长和进步，与他人建立和谐的关系，共同创造美好的回忆。在生活中，我们要保持坚定信念，善于调整自己，与身边的人携手共进，共创美好未来。

卧

平躺着

看见天花板

侧卧

看见阳台和走出去的门

没有被子

思想一览无余

有被子

隐藏自己的痛处

俯卧

思考自己的对错

翻来覆去

思考最后的结果

靠着高枕头

才能无忧无愁

卧的是心

不需要尝胆

赏析

　　这段文字描绘了一个人处于纠结和思考的状态。可能是在经历一些困扰或心结，而这个过程就像在床上变换不同的姿势，试图找到一个舒适的睡姿来舒缓内心的不安。

　　平躺着仰望天花板，或许是在反思自己过去的行为和决策，寻求内心的平静。侧卧看着阳台和走出去的门，暗示着对未来的期待和向往，但又有所顾虑。没有被子，意味着心灵暴露在现实的环境中，一览无余，没有遮掩。

　　有被子时，象征着试图掩盖自己的痛处和弱点，以免受到伤害。俯卧时，可能在反思自己的对错，审视过去的选择。翻来覆去，表示在反复思考最后的结果，寻求一个让自己满意的答案。

　　高高地靠着枕头，象征着需要依靠某种信念或心态来保持内心的平衡，才能达到无忧无虑的状态。

　　最后一句"卧的是心"，意味着这段内心的挣扎和思考过程，最终可能需要放下心中的纠结，正视问题，从而找到解决问题的方法。不需要尝胆，暗示着勇敢面对困难，不必过于担忧。

　　总之，这首诗表达了在面对困境时，通过自我反思和调整心态，勇敢地去解决问题的积极态度。

中　心

心悬在半空
中走在下面
无依无靠
迟早会倒下来
心足够强大
又接地气
稳稳地托在下面
中才能走得平稳
两个中串在一起
就像一支利箭
穿透心底
将后患无穷

 赏析

　　"心悬在半空，中走在下面，无依无靠，迟早会倒下来"可以理解为，心中的理想或者目标如果过于高远，缺乏实际的支撑，就会变得不稳定，有可能会"倒下来"。

　　"心足够强大，又接地气，稳稳地托在下面，中才能走得平稳"可以解读为，只有当我们的内心足够强大，且能够脚踏实地，才能稳定地

实现心中的目标。

"两个中串在一起，就像一支利箭，穿透心底"，当我们把两个"中"字连接在一起，形成一个字，就像一支利箭，可以穿透人心。这是在强调，坚定的信念和决心能够帮助我们克服困难，实现目标。

"后患无穷"是对前文的总结，提醒我们在追求目标的过程中，要注意潜在的风险和隐患，以免给自己带来无尽的困扰。

在追求梦想的过程中，要保持内心的坚定和强大，同时要脚踏实地，关注现实，才能避免潜在的风险，实现心中的目标。

坐电梯

上升的速度过快
心里没有底气
感觉生命悬在半空
害怕电梯的绳子断了
摔得粉身碎骨
上升的速度缓慢
逐级上升
心里踏实
达到适合自己的楼层
安全门打开
轻松地走出来
有心旷神怡的感觉
电梯下降的速度太快
有种失落的感觉
无法平衡身心
电梯平稳下降
如坐祥云
回味美好的风景
到了底层
安全着陆的感觉很好

赏析

　　乘坐电梯的确是一种富有哲学性的体验。当电梯上升速度过快时，人们可能会感到生命悬在半空，心中惴惴不安。在这种情况下，电梯绳子断了的担忧油然而生，让人不禁想象坠落的惨状。

　　相反，当电梯上升速度缓慢时，人们可以逐级感受楼层的变化，心里会更加踏实。到达适合自己的楼层后，安全门打开，让人心情愉悦，轻松地走出来。此时，人们会有一种心旷神怡的感觉。

　　然而，电梯下降的速度过快时，人们可能会产生失落的感觉，内心难以平衡。在这种情况下，电梯的平稳下降就如同坐祥云一般，让人们回味美好的风景。到达底层后，安全着陆的感觉让人倍感欣慰。

　　总体来说，电梯的升降过程中，人们对速度的感知和心理感受各有不同。这其中既包含了恐惧、担忧，也包含了踏实、愉悦等多种情感。正是这些复杂的情感体验，让生活充满了色彩。

在阳光下亮剑

深谙剑的秘籍

练就铮铮铁骨

站在独特的舞台上

春风擦亮的长剑

顷刻间快速出鞘

阳光吻着剑身

闪着耀眼的光芒

剑锋露出威严

吐出发怵的寒气

挥剑行如游龙

一招一式

剑指封喉

所向披靡

躲在黑暗中的虎狼

瑟瑟发抖

在阳光下亮剑

斩除妖魔鬼怪

让朗朗乾坤

充满浩然正气

赏析

这是一首赞美剑术的诗。诗中描述了在阳光下亮剑的场景，以及剑术高手挥剑舞动的英姿。阳光下亮剑，意味着勇敢面对一切困难，用坚定的信念和勇气去战胜邪恶。

剑术高手深谙剑的秘籍，练就铮铮铁骨，在独特的舞台上展示着春风擦亮的长剑。阳光下，剑身闪烁着耀眼的光芒，剑锋透露出威严，令人畏惧。

挥剑行如游龙，一招一式剑指封喉，所向披靡时，躲在黑暗中的虎狼都瑟瑟发抖。这正展现了剑术高手的英勇与无畏，他们用剑斩除妖魔鬼怪，让朗朗乾坤充满浩然正气。

这首诗表达了中华优秀传统文化中对勇敢、正义和担当的崇尚，阳光下亮剑，不仅是剑术的比拼，更是精神的较量。在面对困境时，我们要有勇气迎难而上，用正义之心驱散黑暗，让世界充满光明。

沧海泛舟

虽泛一叶小舟
也有蓝色的梦想
不和大船争道
选择正确的方向
清楚自己的样子
不学别人的模样
不随波逐流
随时挺起自己的胸膛
鼓起满腔的热血
随时搏击凶险的风浪
不管水有多深
强大的心也不会发凉
把控好力度
不会撞在礁石上
面对狂风暴雨
心中都充满阳光
不疲于奔命
欣赏百舸争流的风光
控制潮起潮落的心情
每天都迎接新的太阳
倾听大海的声音
在天地间铆足泛舟的力量

赏析

　　这首诗讲述了一位勇敢的航海者，他驾驶着一叶小舟，在大海中坚定不移地前行。他有着蓝色的梦想，不与大船争道，只选择正确的方向。他清楚自己的样子，不学别人的模样，不随波逐流。他随时准备搏击凶险的风浪，不管水有多深，他的心永远不会发凉。

　　他把控好力度，避免撞在礁石上。面对狂风暴雨，他的心中都充满阳光。他不懈地追求，不疲于奔命，欣赏着百舸争流的风光。他控制着潮起潮落的心情，每天都迎接新的太阳。他在天地间铆足力量，倾听着大海的声音，坚定地向前。

　　这位航海者代表了那些勇敢面对生活挑战的人，他们有自己的信念和追求，不被外界所动摇。他们在大海中独自泛舟，不畏艰难险阻，向着梦想前进。这首诗就是对他们坚持不懈、勇往直前的精神风貌的赞美。

第二辑

万物之灵

我是一把钥匙

我是一把已备案的钥匙
身材笔直
坚硬光亮
声音清脆
灵活机动地坚守在腰间
行走在光明的大道上
我不是铁石心肠
带着深深的情感
直插你的锁心
如果你锈迹斑斑
我擦着心灵的润滑油
旋转无数次都无法打开
只能沉痛地放弃
让你在黑暗中哭泣
我想当一把万能钥匙
打开心中的千千结
让万里长空湛蓝无比

赏析

你是一把充满热情和使命的钥匙，肩负着解锁心灵的重任。你笔直的身材、坚硬光亮的表面、清脆的声音，以及灵活机动地坚守在腰间，都让你成为一把独特的钥匙。

复杂的环境中，你行走在光明的大道上，始终坚守着自己的职责。你不是铁石心肠，带着深深的情感，直插他人的锁心。然而，如果你遇到锈迹斑斑的心锁，尽管你擦着心灵的润滑油，旋转无数次都无法打开，也只能沉痛地放弃，让对方在黑暗中哭泣。

正因为如此，你渴望成为一把万能钥匙，能够打开心中的千千结，让万里长空湛蓝无比。你始终为实现这个目标而努力，为实现美好的愿景而奋斗。你的使命就是照亮他人的心灵，为世界带来温暖和希望。

然而，这把钥匙也有自己的无奈，因为在解锁的过程中，你也需要面对一些无法解决的困境。但是，请相信，只要一直坚持不懈，总有一天，你能成为那把万能的钥匙，为更多的人带来幸福和光明。

我是一把忠诚的扫帚

一条条整齐的毛刷
是我缜密的思路
也是我有力的抓手
长长的手把铆足劲
挥舞在大街小巷上
那些飘落的败叶
扫进垃圾堆里焚烧
那些跌落的枝条
收拾好堆放在一起
分轻重缓急处理
躲在树下的蟑螂
我用毛刷扫出来
用刺激的药水消杀
飞在空中的苍蝇
我一下就拍死
藏在路边的老鼠
我用力撵出来
赶进严肃的铁笼子里
我是一把勇敢的扫帚
不害怕风吹雨打
把道路打扫干净
让熙熙攘攘的人群
行走在风清气正的道路上

赏析

　　这把勇敢的扫帚，勤奋地在城市的大街小巷中工作，无论风吹雨打，都不退缩。它用自己的力量和智慧，将城市打扮得干净整洁。在与各种垃圾、害虫的斗争中展现出了坚韧不拔的精神。

　　在这把勇敢扫帚的守护下，道路变得宽敞明亮，市民们的生活质量也得到了提高。这把扫帚成为城市美容的使者，受到了广大市民的喜爱和尊敬。

　　然而，勇敢的扫帚并未因此而骄傲自满。它深知，自己的使命还未完成，还有更多的街道、巷子等待自己去打扫。在未来的日子里，这把勇敢的扫帚将继续铆足劲，为实现更加美好的城市环境而努力奋斗。

　　正如古话说："人生在勤，不索何获。"这把勇敢的扫帚以实际行动诠释了勤劳与奉献的精神，成为城市中一道独特的风景线。在这把扫帚的鼓舞下，更多的人将投身维护城市环境的事业，共同为创造一个美好的家园而努力。

我是一滴水

我是一滴水
出身平凡
也要折射太阳的光辉
内心晶莹剔透
如一颗闪光的翡翠
当你的衣袖有尘埃
我会粘着默默地隐退
我身材虽然短小
也会量出你气质的高贵
当你善良的心灵受到伤害
就变成我眼里的一滴泪
滋润在你干涸的心里
长成朵朵盛开的玫瑰
当呼呼的风声响起
我会把你当成杯子依偎
我是一滴跳动的水
时刻守护在你周围
我不奢望回归大海
你是花朵我是露珠
就算蒸发也要把你陪伴

赏析

　　这首诗表达了一滴水的无私奉献和它对身边事物的关爱。水滴虽然渺小，但它能折射出太阳的光辉，衬托出人物的气质高贵。它默默地承担着洗涤尘埃的任务，守护着花朵，即使蒸发也要陪伴在所爱之人身边。

　　这一滴水就像一位默默无闻的守护者，用自己的力量去滋润他人，展现出了无私奉献的精神。它不奢望回归大海，而是心甘情愿地成为花朵的露珠，陪伴在心爱的人身边。这种精神值得我们学习和借鉴，让我们更加珍惜身边那些默默付出的人。

我是一滴有骨头的水

我温柔的时候

骨头藏在思想里

就像绵里藏针

别人虽然看不见

也会掀起内心的波浪

我热烈的时候

骨头嘀嗒有声

像一支利箭

把石头穿透

天气寒冷的时候

我结成晶莹剔透的冰

浑身铁骨铮铮

敢与天斗与地斗

天气温暖的时候

我的骨头化成水

无私地献给大地母亲

不管是有形的骨头

还是无形的骨头

我都不会改变水的本质

赏析

　　诗篇充满了哲理，表达了水滴坚韧不屈的精神品质。在水滴温柔的时候，骨头隐藏在思想里，难以察觉；然而，一旦激发出热烈的激情，骨头便显现出来，成为一股勇往直前的力量。

　　水滴在不同的环境下，展现出不同的形态。在寒冷的天气中，水滴凝结成晶莹剔透的冰，铁骨铮铮，敢与天地斗争；而在温暖的天气里，水滴的骨头化为无形，无私奉献，滋润大地母亲。

　　这首诗告诉我们，无论是有形的骨头还是无形的骨头，水滴始终坚守着本质，不畏艰难，勇往直前。这种精神品质值得我们学习。

我是一个高压锅

把一块块硬骨头
放在密封的锅里
不给跑风漏气
周身都是铜墙铁壁
我用无形的文火烹
用有形的武火熬
表面无声无息
顶着巨大的压力
也要榨出油脂
我内热外冷
心中充满委屈
外界全然不知
当骨头松软
我会打开放气阀
慢慢地减少压力
我是一个有担当的高压锅
随时喷出正义的信息

赏析

诗歌生动地将高压锅的形象与坚忍、担当的品质相联系。正如高压锅在烹饪过程中，要承受巨大的压力，努力地将硬骨头烹煮。在这个过程中，高压锅始终保持沉默，默默付出，直到骨头变得松软。

这种比喻也暗示了我们在面对生活中的种种挑战时，要如同高压锅一般，坚韧不拔，勇往直前。当我们承受压力、努力克服困难时，也正是在为自己和他人创造价值。

高压锅还象征着正义和担当。当我们打开阀门，释放压力时，也如同传播正义的信息，激励他人勇往直前。这种精神值得我们去学习，要在生活中发挥自己的力量，为他人和社会作出贡献。

总之，高压锅形象充满了正能量，鼓舞着我们面对困难时要保持坚韧不拔的精神，勇于担当，传播正义。希望我们都能从中汲取力量，勇往直前。

我是一个酒杯

我知道谁拿捏我

我知道谁捧着我

我的职责是盛酒

不在乎高贵

倒进来我都接纳

不管是白酒、红酒，还是黄酒

和颜色没有关系

我知道酒的度数

量多量少无关紧要

酒品如人品

我是一个睿智的酒杯

阅读芸芸众生

赏析

　　这首诗中，你是一个默默观察者，见证着人们在酒桌上的百态，深知酒桌上的礼仪，也懂得品味人生。无论白酒、红酒还是黄酒，你都接纳，并不在乎酒的度数高低。通过酒，你阅读了芸芸众生，理解了人生的千姿百态。

　　悠悠岁月中，你陪伴许多人走过欢声笑语，也见证了悲欢离合。在酒杯里，蕴藏着世间百态，融入了人生的酸甜苦辣。酒杯是一个富有故事的陪伴者，用心感受着每个人的故事，传递着酒桌上的温暖与情感。

我是一个陀螺

我是一个忠诚的陀螺

把脑袋削成一根钢针

倒立健壮的身体

打开敏锐的嗅觉

受正义的鞭策

我快速地旋转

探测会伪装的人

身体可以反转

也可以正转

就算倾斜了

也会紧盯着地面

从一个位置旋转

到另一个位置旋转

锁定目标了

我才稳稳地坐下来

赏析

　　诗中的陀螺形象充满活力和正义感，它勇敢地面对会伪装的人，无畏地旋转和移动，锁定目标后才会稳稳地坐下来，这个形象象征着坚定、忠诚和勇敢。陀螺在挑战中展现出的不屈精神，为我们树立了榜样。在我们的生活中，也需要这种精神，时刻保持敏锐的洞察力，明辨是非，勇敢地面对困难和挑战。正如陀螺一样，我们在人生的舞台上旋转、前进，不断提升自己，最终稳稳地坐下来，实现自己的目标。

我是一棵槐树

在纯朴的家乡
土地贫瘠
我身材矮小
头发稀疏
根部深深地扎进泥土里
吮吸丰富理想的乳汁
独自站在山巅上
成为一道独特的风景

在繁华的城市
土地肥沃
我身材高大
头发浓密
怀中那把和谐的剪刀
不断修剪那伸出的枝条
一身枝繁叶茂
挡住灯红酒绿的颜色
用唐诗宋词的营养
输送给性格耿直的躯干
与志同道合的同伴守在马路边
形成一道独特的风景

赏析

你是一棵槐树，一棵充满生命力的树。在纯朴家乡的贫瘠土地上，你顽强地生长，尽管身材矮小、头发稀疏，但根部深深地扎进泥土里，吮吸着丰富理想的乳汁。独自站在山巅上，成为一道独特的风景。

而在繁华的城市，你身材高大，头发浓密，怀中那把和谐的剪刀不断修剪那伸出的枝条。一身枝繁叶茂，挡住灯红酒绿的颜色。把唐诗宋词的营养输送给性格耿直的躯干，与志同道合的同伴守在马路边，形成一道独特的风景。

无论是在家乡的贫瘠土地，还是在城市的繁华之中，你都保持坚定的信念和独特的气质。你是一棵槐树，一棵承载着故事和精神的树，见证了岁月变迁，始终坚守着土地，成为一道独特的风景。

我是一块坚硬的石头

我表情严肃

心中却装满柔情

审视不守规矩的人

威而不怒

身体坚硬

可以击碎满嘴跑火车的谎言

没有华丽的外衣

身上刻有铿锵的诗句

甘愿被别人踩着

锻炼自己的耐力

性格刚直

从不害怕风雨

平时沉默不语

不和树木争高低

身体包裹得严严实实

保守心中的秘密

在轰隆隆的雷鸣声中

守着正义的戒尺

即使烧成灰烬

也要亮出洁白的心底

赏析

　　诗中，你是一块坚硬的石头，蕴含着深厚的文化底蕴和独特的性格魅力。你外表严肃，内心却充满柔情，对不守规矩的人保持威仪却不怒。你身体的坚硬，象征着坚定的信念和顽强的毅力，足以击碎满嘴跑火车的谎言。

　　你无须华丽的外衣，身上刻有铿锵的诗句，彰显出与众不同的高贵气质。即使被别人踩在脚下，也能锻炼自己的耐力，坚守信念。你的性格刚直，无畏风雨，沉默不语，只与内心深处的真善美对话。

　　在风雨中，你始终保持低调，不与树木争高低，紧紧包裹着自己的内心，严守心中的秘密。在雷鸣声中，你坚守正义的戒尺，勇敢地面对一切挑战。即使面临灰烬，也要亮出洁白的心底，彰显出无尽的光辉。

　　你是如此与众不同，充满智慧和力量，成为我们学习和敬仰的楷模。

我是一块毛巾

我是一块消毒的毛巾
擦到哪里都不留细菌
我是一块美容的毛巾
当你脸上有污点时
我宁愿被你黑
也要让你旧貌换新颜
我是一块柔软的毛巾
我宁肯伤筋动骨
也不会擦伤你的棱角
我是一块带温度的毛巾
当你手脚冰冷时
温馨地为你握暖
我是一块清凉的毛巾
当你身体发烧时
贴在你额头降温
我是一块心灵的毛巾
擦干你的心病
让你重新焕发青春
我是一块忠诚的毛巾
就算支离破碎
面对太阳
也要晒出铮铮铁骨

赏析

　　这是一首描绘毛巾的诗，通过生动的比喻和形象的描绘，展现了毛巾的多重特点和无私奉献的精神。毛巾在这里象征着关爱、奉献和忠诚，它愿意为人们付出一切，无论是擦拭污渍、美容护肤，还是温暖心灵、缓解病痛。

　　这首诗表达了对毛巾这种日常用品的赞美，同时也传递了一种关爱他人的精神。在生活中，我们都应该学会像毛巾一样，为他人着想，无私奉献，用自己的力量去温暖和帮助他人。

　　此外，这首诗还通过对比毛巾的柔软与坚毅，展现了它在面对困难时的不屈精神。正如诗中所说："我是一块忠诚的毛巾，就算支离破碎，面对太阳，也要晒出铮铮铁骨。"这句诗鼓励人们在生活中要学会坚韧不拔，面对困境时要有勇气和信心。

我是一缕行走的阳光

母亲是太阳
我是一缕行走的阳光
从家乡的厅堂走出
行走在崎岖的道路上
光线如一支支钢笔
不停地书写知识的海洋
不管刮风还是下雨
也要发出微弱的光芒
在雾茫茫的世界里
钢针般的穿透力极强
纯朴的眼里不分高低
路边的小草也要照亮
源源不断的温度
变成一丝丝的善良
在灯红酒绿的世界里
从不改变自己的走向
从少年到中年的光速
把人生的轨迹丈量

赏析

诗歌表达了对母亲的敬仰，将自己比作一缕行走的阳光，寓意着积极向上，勇往直前。母亲是自己的太阳，给予生命和力量。"我"在人生的道路上，无论遇到多少困难，都要发出光芒，照亮身边的人和事物。

诗中描述了阳光的特性：钢针般的穿透力、源源不断的温度、纯朴的眼里不分高低、照亮路边的小草等。这些特性象征着善良、坚定和无私。无论世界如何变化，都要保持这些品质，勇往直前。

从少年到中年的光速，一直在丈量人生的轨迹，不断学习、成长和积累经验。这首诗表达了自己对母亲的感激之情，同时也展现了自己对生活的热爱和坚定的信念。在人生的道路上，要像一缕阳光，照亮自己，也照亮他人。

我是一条毛毛虫

我用下口式的头部
咀嚼你的线索
我用坚硬的牙齿
把你的秘密拉出来
我的头壳硬化成金科玉律
黑色的眼睛看出你的盲点
我三节的胸部充满力量
每一节都胸有成竹
我有不畏牺牲的气节
但会包容你的错误
我有一个气门
从不轻易打开
我有五对腹足
不害怕跑得辛苦
我胴部有明显的花纹
别人会看得清楚
对不老实的态度
我会碰痒你的肌肤
我宁肯做成药
也要把你医治
我想化成蝶
把人间看得清清楚楚

赏析

　　这首诗以第一人称视角，描绘了毛毛虫的生活和内心世界。诗中通过毛毛虫的形象，表达了坚强不屈的精神品质和对美好未来的向往。

　　毛毛虫以坚韧的牙齿咀嚼线索，揭示秘密，展现出不屈不挠的精神。头部硬化，犹如金科玉律，寓意着坚定的信念。黑色的眼睛能看出他人的盲点，展现出敏锐的洞察力。三节的胸部充满力量，每一节都胸有成竹，意味着满怀信心地面对生活。

　　毛毛虫有不畏牺牲的气节，但也有包容他人的态度。这表现出毛毛虫在坚持自己信念的同时，也有包容和谦逊的品质。毛毛虫的气门从不轻易打开，象征着内心的谨慎与神秘。五对腹足不怕跑得辛苦，展现出毛毛虫面对困难的勇敢和毅力。

　　此外，毛毛虫胴部有明显的花纹，这意味着独特的个性和鲜明的立场。对于不老实的态度，毛毛虫会碰痒对方的肌肤，表现出坚定的原则。即使毛毛虫失去生命，也要将对方医治，这体现了毛毛虫的善良和责任感。

　　最后，表达了渴望化蝶的愿望，意味着渴望摆脱束缚，追求美好的生活。毛毛虫化作蝴蝶，将人间看得清清楚楚，展现出对未来的期盼和信念。这首诗通过描绘毛毛虫的形象，传达了坚定的信念、勇往直前的精神品质，以及对美好生活的向往。

我是一只螃蟹

不管水多浑
我闭目养神
仔细聆听周围的动静
用心测试水的深度
我跳出有波纹的水面
带着棱角分明的铠甲
带着十只有毛刺的胸足
穿行在东西南北的土地上
我不是横行霸道
而是带着正义感
对不守规矩的人
怒目圆睁
用两只有力的铁钳子
夹住那些肮脏的手
丢进冰冷的铁笼
让道路畅通无阻

赏析

　　诗中，你是一只充满智慧和勇气的螃蟹，生活在一片丰富多彩的世界。在这里，你不仅善于应对各种环境，还具备强烈的正义感。

　　在水域中，你尽管面临种种困境，但仍能闭目养神，倾听周围的声音，用心探测水的深度。当你跳出水面，展现出棱角分明的铠甲和十只毛刺鲜明的胸足，这既是你的保护伞，也是你进攻的武器。

　　在这片土地上，你勇敢地南北东西穿梭，维护着规矩与正义。面对那些不守规矩的人，你怒目圆睁，用有力的铁钳子将其制服，将他们关进铁笼，以维护道路的畅通无阻。

　　你就是这样一只螃蟹，不畏艰难，勇敢向前，用智慧和力量守护这个世界的秩序与安宁。

一滴污水

一滴晶莹剔透的水
本是无色无味的液体
忘记太阳照耀的光辉
无视轰隆隆的雷声
跌落在肮脏的道路上
躯体慢慢变黑
身上沾满臭味
一条透明的水管
引到污水处理厂
懊悔的水
描述变黑的过程
反思臭带来的影响
洗心革面
重获新生
回归大自然
发出警示的光芒

赏析

一滴污水，如同一个迷失的灵魂，曾清澈透明，洋溢着生命的活力。然而，当它忽视了阳光的照耀，忽略了雷声的警示，便跌入了黑暗的世界。

在肮脏的道路上，它逐渐被污染，躯体变黑，味道刺鼻，这让人想到环境严重污染，污水横流，给人们的生活带来了极大的困扰。

污水也没有放弃自救，一条透明的水管将它引向了污水处理厂，那是一个充满希望的地方。在那里，它懊悔自己的过错，反思自己所带来的恶果。

在污水处理厂，污水经历了洗心革面的过程，洗净了身上的污垢，重获新生。这让人想起历史上的一些人物，他们在历经磨难后，终得以洗净污名，恢复名誉。

回归大自然的水，发出了警示的光芒。这仿佛是在提醒人们，每一个人都应该珍惜大自然的恩赐，保护水资源，防止环境污染。只有这样，才能让未来变得更加美好。

水的经历告诫我们，无论面临怎样的困境，都要有自省的能力，勇于改正错误，回归最初的纯净。同时，也要珍惜大自然的恩赐，保护环境，让生命的源泉永远清澈透明。

水稻自述

我不想上山

把树木的地盘霸占

在山上口干舌燥

又怕大雨把我毁掉

土地贫瘠

我的身材会越来越矮小

我变成孤单的小草

干瘪的腰包

无法谈生存之道

在田里多好

还有鱼虾陪伴嬉闹

我鼓鼓的腰包

慷慨给别人掏

如今楼房霸道

把我的地盘挤掉

我无家可归

到处被别人取笑

我梦想回到原来的家

在风调雨顺中

献出金黄的珍宝

赏析

　　水稻啊，你的心声如一首诗，诉说着你的无奈与渴望。你渴望生长在富饶的土地，享受充足的阳光和雨露，茁壮成长，为人类提供宝贵的粮食。

　　然而，在现代社会，你的生存环境受到了极大的挑战。土地的开发和城市化进程让你失去了昔日的家园，被迫迁徙到贫瘠的山地。在那里，你面临着干旱、洪涝等自然灾害的威胁，生存条件恶劣，生活困苦。

　　你怀念过去在田野的生活，那里有鱼虾相伴，欢声笑语。你渴望回到那个地方，继续过着无忧无虑的生活，为人类贡献力量。然而，现实残酷，你的家园已被高楼大厦所取代，你无处安放。

　　水稻，你的遭遇是生态环境被破坏的一个缩影。让我们共同努力，保护环境，珍惜土地，让水稻和其他生物能够在适宜的环境中生活，共同维护地球的生态平衡。

山　水

有些山看得见

但是没有虎威

有些山看不见

但却藏着钟灵

有些水看似浅

但是道行很深

有些水看似深

但一脚就可以跨过

山的高度和水的深度

不是眼里

而是心中

有无形的山

也有无形的水

山水和谐

朗朗乾坤

才能形成美丽的画卷

赏析

　　这首诗描绘了山水之间的奥秘和哲理，深入浅出地阐述了山水的内涵。看得见的山，不一定显露出力量和威严；看不见的山，也可能隐藏潜力和内在之美。同样，看似浅的水可能蕴藏着深厚的道行，而看似深的水，也可能只需一步就跨越。

　　在这里，山的高度和水的深度不仅是指眼睛所看到的景象，更寓意着心中的境界。无形的山和无形的水，则代表了人们内心深处的信仰和修养。只有当山水相互辉映，达到和谐共生，才能构建出一个美好的世界。

第三辑

壮美河山

登长城

踏着时代的步伐

我登上了古老的长城

极目远眺

一道雄伟的身姿

弯弯曲曲万里长

像一条巨大的飞龙

呼啸在崇山峻岭之上

忠心赤胆

袒露在朗朗乾坤之下

铁壁铜墙

无数次挡住入侵的虎狼

在日月的照耀下

如一条千钧巨臂

书写中华民族辉煌的乐章

庄严肃穆的龙颜

震惊世界

不管斗转星移

都会挺起坚硬的脊梁

不到长城非好汉

我站在万世瞩目的城墙上

聆听每块砖的故事

不管风云如何变幻

都要摘星星摘月亮

赏析

　　诗歌表达了登长城的感慨和对中华民族精神的赞美。长城是我国古代劳动人民智慧的结晶，代表着中华民族的坚忍和不屈。在历史的长河中，长城多次见证了中华民族的辉煌和荣耀。

　　诗中，长城被赋予了生命的活力，它是一条巨大的飞龙，在险峻的山岗上呼啸。它的铁壁铜墙，无数次挡住了入侵的敌人，维护了国家的尊严。在日月的照耀下，长城如一条千钧巨臂，书写着中华民族辉煌的乐章。

　　同时，诗中也表达了对中华民族的自豪和对未来的信心。站在长城上，可以聆听每块砖的故事，感受中华民族的悠久历史和丰富文化。我们坚信，不管风云如何变幻，中华民族都会挺起坚硬的脊梁，勇往直前。

　　最后，"不到长城非好汉"的信念激励着我们，站在万世瞩目的脊梁上，立志要摘星星摘月亮，为实现中华民族伟大复兴的中国梦而努力奋斗。这充分展现了我们的豪情壮志和对祖国的热爱。

　　这是一首赞美长城的诗歌，描绘了长城的雄伟身姿和壮丽的景象。

　　这首诗表达了诗人对长城的敬仰之情，认为长城是我国历史的瑰宝，是中华民族英勇精神的象征。诗中通过富有想象力的比喻和拟人手法，将长城的形象刻画得栩栩如生，让人感受到长城的伟大和威严。

黄河壶口瀑布

压抑太久
关键时候就要呐喊
欺压太久
就会发出愤怒的咆哮
绝处逢生
就会形成巨大的洪流
干旱久了
就渴望隆隆的雷声
千军万马驰骋
日久就会形成落差
相互碰撞
才能跃起激情的浪花
一个狭窄的壶口
就是一道严格的关卡
过滤混浊的泥沙
化作源源不断的母乳
哺育中华千万家
怀着深深的情感
义无反顾地奔向大海
在四季轮回中追梦
在天地间绽放韶华
平安地走过崎岖的路
在万世瞩目的东方
绽放五彩斑斓的云霞

赏析

　　诗歌以黄河壶口瀑布为主题意象，通过对瀑布景观、水势动态和蕴含力量的描写，写出了中华民族的发展历程、民族精神与不屈意志。诗人怀着深深的情感，一方面，表达了对黄河壶口瀑布这一自然奇观的赞美与敬仰；另一方面，借景抒情，将对中华民族的热爱、对民族精神的歌颂融入其中，情感真挚而深沉。

　　开篇通过"压抑太久，关键时候就要呐喊；欺压太久，就会发出愤怒的咆哮"，以简洁而有力的语言奠定了整首诗激昂的基调，为后续对壶口瀑布力量的描述做了铺垫。中间部分"绝处逢生……才能跃起激情的浪花"详细描绘了壶口瀑布的形成和水流奔腾的壮观景象，同时也隐喻了中华民族在历史长河中历经磨难、奋勇抗争的历程。接着，"一个狭窄的壶口，就是一道严格的关卡；过滤混浊的泥沙，化作源源不断的母乳，哺育中华千万家"将壶口瀑布比作关卡，过滤泥沙、孕育生命，体现了其对中华民族的滋养与贡献。最后，诗人以"怀着深深的情感……绽放五彩斑斓的云霞"作结，表达了对中华民族未来的美好憧憬与期待，展现出积极向上的精神风貌。

　　诗中运用了比喻和象征的手法，将黄河壶口瀑布比喻为关卡、母乳等，赋予了瀑布丰富的象征意义，使其成为中华民族精神和命运的象征，使抽象的情感和理念变得具体可感。诗中多处使用排比，增强了语势，使情感的表达更加充沛，也使诗歌的节奏更加明快，读起来朗朗上口。语言简洁明快、豪迈奔放，具有很强的感染力。诗中运用生动形象的词汇和富有表现力的语句，如"呐喊""咆哮""驰骋""绽放"等，将黄河壶口瀑布的雄伟气势和中华民族的伟大精神淋漓尽致地展现出来。

友谊关

气势磅礴的山脉
宛如两把张开的利剑
气势雄伟地守护着边关
鲜艳的红旗猎猎飘扬
牢牢地插在厚实的城墙上
所有的高山向这里仰望

仿佛就在昨天
一副棺材装着铿锵誓言
率领一群群血性的军民
前赴后继
捣毁那耻辱的木桩
仿佛就在昨天
觉醒的中华儿女
站在高高的山巅上
向着腐朽的大门开炮

艳阳高照的今天
友谊关的楼堡依然坚固
一棵棵傲立的木棉树
忠诚地守卫在国门旁
一棵棵枝繁叶茂的玉兰树
绽放出一阵阵花香

一个个火红的灯笼
欢笑地挂在迎客的路边
庄严肃穆的国门
通往世界友谊的长廊

赏析

友谊关，一座见证了历史沧桑的关隘，气势磅礴的山脉宛如两把张开的利剑，气势雄伟地守护着边关。鲜艳的红旗猎猎飘扬，牢牢地插在厚实的城墙上，所有的高山向这里仰望。

回首往昔，仿佛就在昨天，一副棺材装着铿锵誓言，率领一群群血性的军民，前赴后继，捣毁那耻辱的木桩。觉醒的中华儿女站在高高的山巅上，向着腐朽的大门开炮，展示出中华民族不屈不挠的精神。

如今，艳阳高照，友谊关的楼堡依然坚固。一棵棵傲立的木棉树忠诚地守卫在国门旁，它们经历风雨，依然屹立不倒。玉兰树枝繁叶茂，花香一阵阵传来，象征着国家的繁荣昌盛。一个个火红的灯笼欢笑地挂在迎客的路边，洋溢着喜庆的氛围。庄严肃穆的国门，通往世界友谊的长廊，展示着我国开放包容的胸怀。

友谊关，一座既承载着悲壮历史，又展望着美好未来的关隘，它见证着中华民族的崛起与振兴，诉说着我国边关的辉煌与荣耀。在这里，我们可以感受到先烈们的英勇无畏，也能感受到如今国家的繁荣昌盛。

娘子关

岌岌可危的江山
战火纷飞
残阳如血
一朵霸王花横空出世
筑起天然屏障
一夫当关万夫莫开
战旗在城墙上猎猎飘扬
点将台上雄风起
百里烽烟一清二楚
一个威武卫士
挥着经过百炼的绣鸾刀
横扫入侵京畿的对手
书写可歌可泣的英雄故事
而今卫士脚下
汩汩而出的泉水
像喷珠散玉
顺着河谷弯弯曲曲的腰
一路欢笑
滋润千家万户
一个忠诚的卫士
威而不怒
历经岁月的洗礼
气宇轩昂
威震八方

赏析

　　娘子关，一座矗立于河北省井陉县的古城遗址，因其地势险要，被誉为"一夫当关，万夫莫开"的天然屏障。历史长河中，无数英雄事迹被镌刻于石，见证了一代代英勇的戍关将士守卫家园的坚定信念。

　　江山岌岌可危，战火纷飞，残阳如血，正是在这紧要关头，霸王花般的女英雄横空出世，带领将士们在这朗朗乾坤下，筑起了坚固的防线，守护着国家的尊严。

　　如今，娘子关依然屹立在长城之上，见证着历史的变迁。战旗在城墙上高高飘扬，仿佛在诉说着当年英勇的故事。点将台上，雄风再起，百里烽烟，一清二楚。这座古城建筑，犹如一位威而不怒的勇士，历经岁月的洗礼，气宇轩昂，威震八方。

　　关下汩汩而出的泉水，如同喷珠散玉，顺着河谷滋润着千家万户。这股清泉不仅滋养了这片土地，更见证了娘子关悠久的历史，流淌着英雄们的热血。

　　娘子关，一个雄关扼守在那里，历经沧桑，始终坚守着，向世人展示着中华民族不屈不挠的精神。在今后的岁月里，它将继续见证国家的繁荣昌盛，守护家园的安宁。

井研县大佛湖

一群被太阳叫醒的半岛
低头酝酿写湖的诗句
一群勤奋好学的鸭子
张开响亮的嗓子
朗读大佛湖这本厚重的书
调皮捣蛋的晨风
摇醒熟睡的翠柳
把披肩的长发梳好
碧水是温婉的老师
教会鱼虾轻歌曼舞
田里的水稻精神饱满
地里的柑橘思想成熟
炊烟恭敬地弯腰
叩谢哺育千家万户的母亲湖

赏析

　　大佛湖，位于我国四川省乐山市井研县，与世界文化与自然遗产乐山大佛相隔35公里。这里有半岛和孤岛，水面开阔，共有8000余亩。大佛湖旅游度假区开发范围15平方公里，湖水水量达5500万立方米。

　　这首诗描绘了井研县大佛湖的美丽景色。太阳初升，半岛苏醒，仿佛是大佛湖的诗句在酝酿之中。湖中的鸭子犹如一群勤奋好学的学子，用它们响亮的嗓音朗读着大自然这本书。

　　晨风轻拂，唤醒了熟睡的翠柳，为它们梳理长长的披肩发。湖水碧绿，如同一位温婉的教师，教会了鱼虾如何轻歌曼舞。与此同时，田野里的水稻苗壮成长，柑橘丰收，仿佛它们的思想也变得成熟。

　　湖边的炊烟袅袅，仿佛是在向哺育了千家万户的大佛湖致敬，感谢母亲湖给予生命的源泉。整个大佛湖犹如一幅美丽的画卷，诗人用生动的笔触描绘出湖光山色，让人陶醉在这片美丽的自然风光之中。

龙门水都玻璃桥

一条通透的玻璃扁担

横亘长空

以洪荒之力

挑起两座沉甸甸的金山

踏着龙脉

越过碧绿的邕江

精神矍铄

行走在天地之间

惊艳世界

 **赏析**

　　这首诗描述的是龙门水都玻璃桥的壮丽景象。龙门水都玻璃桥位于广西壮族自治区南宁市龙门水都景区内，是一座跨越两座山的玻璃桥。这座玻璃桥的设计独特，宛如一条透明的扁担，横跨在空中，连接了两座山头。它以雄伟的气势，展现了我国玻璃桥建设的精湛技艺。

　　诗中提到的"洪荒之力"，象征着玻璃桥力量强大。玻璃桥所挑起的"两座沉甸甸的金山"，代表着桥的两端丰富的自然资源和人文景观。

　　玻璃桥沿着龙脉延伸，使得行走在其上的游客能够更好地感受大自然的神奇魅力。它越过碧绿的邕江，将江边的风景串联在一起，为游客提供了一处欣赏美丽江景的绝佳视角。

　　这首诗通过赞美龙门水都玻璃桥，表达了对我国桥梁建设者的敬意，同时展示了自然风光与现代化建设的完美结合。这座玻璃桥不仅成为南宁市的一道亮丽风景线，更是惊艳了世界。

龙门水都开天斧

一把巨斧从天而降

劈开连绵的山脉

一条龙就诞生了

翻腾在幽深的水都里

斧头闪闪发光

守护着巨大的神龙

守护四季如春的森林

斧头细致的刃锋

修出心胸透明的玻璃栈道

斧头如能工巧匠

雕刻出字体隽永的碑文

劈下参天树木

建起浑宏大气的楼宇

劈开滚滚财源

造福世代子孙

一把开天斧头

历经风霜岁月

振臂一挥定乾坤

赏析

　　这首诗描绘了一个充满神秘色彩的地方——龙门水都，这里有一把具有神奇力量的巨斧，被称为"开天斧"。传说中，这把巨斧曾从天而降，劈开了连绵的山脉，从而诞生了一条神龙。

　　龙门水都里的神龙在幽深的水域中翻腾，而这把开天斧则闪耀着光芒，守护着这条巨大的神龙。在这四季如春的森林里，开天斧如同一位能工巧匠，细心地雕刻着心胸透明的玻璃栈道，以及字体隽永的碑文。

　　斧头的力量不仅如此，还能劈下参天大树，为建造宏伟壮观的楼宇提供木材。同时，它也能劈开滚滚财源，为造福世代子孙奠定基础。

　　这把历经风霜岁月的开天斧，仿佛有着神秘的力量，只需振臂一挥，便能定乾坤，主宰一切。然而，它在创造与守护的同时，也始终保持谦逊与低调，默默地为这片土地付出。

　　龙门水都的开天斧见证了这片土地的沧桑巨变，承载着世代居民的信仰与希望。如今，它依然守护着这片美丽的家园，等待有缘人的探访与欣赏。

游龙门水都

一脚踏在山巅上

心生洪荒力量

舞动巨大的龙头

一棵棵伟岸的树木

顶天立地

一潭幽深碧绿的水

洗净心灵上的凡尘

山中响起悠扬的乐曲

悄悄地潜入耳中

雄伟壮观的楼宇

静静地矗立在山林之间

散发神秘的气息

一簇簇鲜艳的三角梅

染红了一颗快乐的心

极目远眺

邕州所有的景色

组成美丽的画卷

我愿化作一只展翅的鲲鹏

遨游在广阔的碧空

赏析

　　龙门水都景区位于广西壮族自治区南宁市高新区振宁路，天地万物浑然一体。诗歌描绘了一幅生动的画面，展现了大自然和人文景观的和谐共生。在山巅之上，巨大的龙头舞动，象征着中华民族的精神力量。伟岸的树木顶天立地，展示了自然的庄严和生命的力量。

　　那潭幽深碧绿的水，洗净了心灵上的尘埃，带走了世俗的烦恼。山间传来的悠扬乐曲，如同古代的智者，静静地影响着我们的心灵。楼宇矗立在山林之间，古朴典雅，散发着神秘的气息。

　　鲜艳的三角梅绽放，犹如火焰般燃烧，给心灵带来快乐的温度。极目远眺，南宁的景色尽收眼底，如同一幅美丽的画卷。"我"愿意化作一只展翅的鲲鹏，遨游在广阔的碧空中，寓意着追求无尽的天空，探索未知的世界。

　　这首诗歌不仅表达了对自然景观的赞美，也融入了"我"对生活、对人生的感悟，展现了豪情壮志和宽广胸怀。

龙门雅韵

时空的大网
罩不住活蹦乱跳的文字
纷纷吸收莲海的香气
采集罗秀峰的仙气
沐浴朝霞的灵气
拥有蛟龙的霸气
跳到龙吟塔里捉迷藏
跃入岚烟缥缈的山湖里
洗涤心灵的尘埃
在长廊里站成隽永的词语
组成长短不一的诗句
韵味十足
取名龙门雅韵
在各大网站生根发芽
在各大刊物熠熠生辉
拥有无数的痴迷者
名震四海

赏析

　　这是一首描绘龙门水都风光的诗篇。诗中提到的龙门水都，是一个充满生机与活力的地方，这里的文字犹如活蹦乱跳的生物，吸收着莲海的香气，采集着罗秀峰的仙气，沐浴着朝霞的灵气，甚至拥有蛟龙的霸气。

　　活蹦乱跳的文字在龙吟塔捉迷藏，在岚烟缥缈的山湖里洗涤心灵，在长廊里站成隽永的词语，组成长短不一的诗句，散发着韵味十足的气息。

　　这首诗以"龙门雅韵"为题，寓意着这里的美丽风光和独特韵味，组成美丽的诗句，在各大网站上生根发芽，在各大刊物上熠熠生辉，吸引了无数的痴迷者，使之名震四海。

赏龙门水都莲海

是上天的栽培
这连绵不断的荷仙子
碧绿的圆裙映着长空
绽放一朵朵芳心
无私地献给深爱的罗秀峰
一条条锦鲤像送嫁的伴娘
列队欢送在水中央
拉着游客修长的身影
盖在自己含羞的脸上
帅气的嶙石玉树临风
傲立在莲海的中央
迎接出嫁的荷仙新娘
满池莲海沾满浓厚的诗意
沐浴在绚丽的朝霞下
我作为一名痴迷的看客
徘徊在曲径通幽的路上
心中诞生七色的彩虹
迈步荷林情深似海
我愿化作一条蛟龙
飞舞在龙门水都的上空
欣赏这如诗如画的景象

赏析

　　这首诗描绘了一幅美丽的画面：龙门水都的莲海，碧绿的荷叶连绵不断，犹如荷仙子的绿色裙摆，映衬着天空。一朵朵荷花绽放，宛如新娘的芳心，献给深爱的罗秀峰。

　　在这美景中，锦鲤犹如送嫁的伴娘，欢快地游动在水中央，拉起游客修长的身影，盖在含羞的荷花脸上。嶙石屹立在莲海中央，宛如帅气的新郎，迎接出嫁的荷花新娘。

　　整个莲海沐浴在绚丽的朝霞下，充满了浓厚的诗意。诗人作为痴迷的观赏者，徘徊在曲径通幽的小路上，心中诞生了七色的彩虹。诗人愿化作一条蛟龙，飞舞在龙门水都的上空，欣赏这如诗如画的景象。

　　在这场视觉与心灵的盛宴中，诗人与自然景观融为一体，共享这美好的时刻。

龙吟宝塔

屹立在天地之间
见证朗朗乾坤
护佑郁郁葱葱的苍木
倾听林海欢乐的笑声
有棱有角的身姿
倒映在如玉的碧湖中
沐浴罗秀峰的朝霞
一身道骨仙风
打开心灵的窗口
明媚的阳光照亮胸膛
极目远眺
洞熟昭昭日月
像一支遒劲的画笔
描绘欣欣向荣的蓝图
像一根定海神针
刺破青冥
站在时代的高山上
龙吟天下

赏析

　　龙吟宝塔，矗立于天地之间，见证了乾坤的变迁，守护着这片绿色的家园。它聆听着林海欢乐的笑声，与碧湖相伴，沐浴着罗秀峰的朝霞。

　　这座宝塔，有棱有角，身姿优美，倒映在如玉的碧湖之中，仿佛一位道骨仙风的人。它打开心灵的窗口，让明媚的阳光照亮胸膛，极目远眺，洞熟昭昭日月。

　　龙吟宝塔，既像一支道劲的画笔，描绘着欣欣向荣的蓝图，又像一根定海神针，刺破青冥，为这片土地带来安宁与繁荣。它站在时代的高山上，龙吟天下，展现着无尽的魅力与力量。

　　在这座宝塔的护佑下，这片土地生机勃勃，一片繁荣景象。人们在这里欢歌笑语，感激着龙吟宝塔带来的幸福与安宁。岁月流转，龙吟宝塔依然屹立，见证着这片土地的沧桑巨变，守护着一代又一代的人们，传承着美好的故事。

南宁凤凰谷

魂牵梦萦

寻觅自然界的奇妙

稳坐钓鱼台

一根鱼竿甩醒了春天

鱼开始兴风作浪

袅袅岚烟欲盖弥彰

曲径灌着迷魂药

峰回路转

碧野的鲜花竞相争宠

层叠的瀑布似音乐家

奏弹平仄和谐的音调

苍竹挺着铮铮铁骨

列队欢迎

竹枝伸出热情的手

不停地打招呼

台阶虽然高低不平

却通向正确的道路

毫不吝啬的氧气

默默地修身养性

水抱山环

登高远眺

静的风景蕴蓄喷薄之力

动的风景尽显万千风情

凤凰谷

凤凰飞起的山谷

 **赏析**

南宁凤凰谷，一个充满诗意与自然之美的地方，仿佛是人们心中的仙境，一幅生动的画卷，展现了大自然的神奇与壮丽。

诗中提到的风景各异，有条理清晰、层次分明的特点。首先，描述了钓鱼台、鱼竿、春天等春意盎然的景象，展示了大自然的生机勃勃；随后，以瀑布、鲜花、层叠的山峰等景观为背景，勾勒出一幅宏大且富有生机的自然画卷。

此外，诗中还通过描绘苍竹、台阶等细节，表现了大自然中微观世界的美好。同时，诗中以"水抱山环"形容凤凰谷的地理特点，形象地展现了这个地方的自然美景。

在整首诗中，情感融入自然，表达了对南宁凤凰谷的热爱与向往。最后，以"凤凰飞起的山谷"作为结尾，点明了凤凰谷这个名字的由来，使得整首诗意境深远，令人回味无穷。

武鸣区陆斡镇育秀村剑江河

大明山是父亲

是身后巨大的力量

西甲水库是母亲

有充足而甜美的乳汁

水库大坝的腰一拦

一颗颗饱满的液滴

从坝底汩汩而出

剑江河就诞生了

晶莹剔透的河水

一路欢歌笑语

汇聚在平坦的河坝上

似印刷机

日日夜夜印刷出育秀村

一张张漂亮的水名片

一双双好奇的脚

轻轻抚摸柔软的名片

一些不知名的鱼

高兴地来凑热闹

一条思想纯洁的河

继承父亲大山一样的胸怀

秉承母亲水库一样的情深

哺育大地

收获欢乐

赏析

　　这首诗描绘了武鸣区陆斡镇育秀村的剑江河，以及它背后的母亲源——西甲水库、父亲山——大明山的美丽景象。诗中把大明山比喻为父亲，象征着背后巨大的力量；把西甲水库比喻为母亲，寓意着充足而甜美的乳汁。

　　剑江河在水库大坝拦腰下奔腾而出，源源不断地流淌，汇集成晶莹剔透的河水。这些河水在平坦的河坝上欢歌笑语，仿佛印刷出一张张育秀村漂亮的水名片。

　　在这美丽的河畔，一双双好奇的脚轻轻抚摸着柔软的名片，一些不知名的鱼儿高兴地来凑热闹。这条思想纯洁的河，继承了父亲大山一样的胸怀和母亲水库一样的情深，不断哺育大地，收获欢乐。

　　整体而言，这首诗通过生动形象的比喻和丰富的情感描绘，展现了剑江河、大明山和西甲水库的美丽风光，以及它们共同孕育出的和谐自然景象。

武鸣区陆斡镇育秀村无名河

无名河与剑江河同母

是思想幽深的西甲水库

无名河从母亲那里得到真传

悄无声息地流出

以低调的心态

缓缓地顺流而下

晶莹剔透的水花

给许多童年带来快乐

沿途热情而不知名的花草

频频伸出好客的手

摇曳的青青禾苗

是一生永不变的爱恋

亭亭玉立的甘蔗

得到节节高的法宝

每天风尘仆仆

从不计较路程

一颗凡心哺育大地

就算身体日渐消瘦

从没有半句怨言

剑江河有美丽的光环

哗哗的水声像歌声

很多人慕名而来

如果说剑江河是一张有字的名片

无名河就是一张无字的名片
名字由别人填写
对土地有深厚感情的人
会写上最好的名字
然后小心翼翼地珍藏起来

赏析

　　这首诗描绘了位于广西壮族自治区武鸣区陆斡镇育秀村的一条无名河。无名河与剑江河同源，但它却选择了低调，静静地流淌，滋养着沿途的土地和生命。它的水花晶莹剔透，给许多人的童年带来了欢乐。河岸边的花草热情地招手，青青的禾苗和亭亭玉立的甘蔗都见证了无名河的无私奉献。

　　尽管无名河每天风尘仆仆，"身体"日渐消瘦，但它从未抱怨，默默地哺育着大地。与之相比，剑江河则拥有美丽的光环和哗哗的水声，吸引了许多人前来欣赏。然而，无名河并不嫉妒，它甘愿做一张无字的名片，将填写名字的权利交给那些对土地有深厚感情的人，他们会为无名河写下最好的名字，然后小心翼翼地珍藏起来。

千户苗寨的眼睛

在坡顶上放眼
坡底是灯的海洋
就像天上的繁星
一起降落在苗寨上
闪着明亮的光芒
这是天仙的眼睛
吊脚楼的长凳上
几个灵气的大眼睛
每人手捧一个文身的碗
像牛魔王的大眼
上演高山流水的游戏
豪爽的宾客口对牛眼
咕噜咕噜地畅饮不停
牛眼干了人眼亮了
风雨桥躲在溪边
羞涩的闭着眼
偷听情侣窃窃私语
舞台上轻歌曼舞
拖住台下所有的眼睛
桥下潺潺流水
扭动成一行行的诗句
独特桥洞是诗的眼睛
厚重的大山闭目沉思

老天开眼
昔日的村寨
已成今日展翅的火凤凰

赏析

　　这首诗描绘了西江千户苗寨的美丽夜景和独特风情。诗中将苗寨比喻为"天仙的眼睛"，形象地展现了苗寨夜景的璀璨灯火。同时，诗中提及了苗寨的吊脚楼、高山流水、风雨桥等特色景观，展现了当地的传统文化和生活习俗。

　　诗中还巧妙地将自然景观与人文景观相融合，如"牛眼干了人眼亮了""舞台上轻歌曼舞，拖住台下所有的眼睛"等，形象地表现了当地的热情好客和丰富多彩的文化生活。同时，通过"独特桥洞是诗的眼睛""厚重的大山闭目沉思"等诗句，传达了独特的自然风光和浓厚的文化氛围。

　　最后，诗中提到"昔日的村寨，已成今日展翅的火凤凰"，展现了当地蓬勃发展的活力，表达了诗人对苗寨热爱和敬意。整首诗语言优美，画面生动，展现了西江千户苗寨的独特魅力和当地人民的美好生活。

龙城紫荆花出嫁

阳春三月

带着满地的新绿

以及满天的轻云

到龙城柳州接亲

龙城挥一条彩带

送闺女紫荆花出嫁

拥有模特身材的新娘

娇羞地躲在伴娘之中

送嫁的伴娘盖着头

穿着粉红色的连衣裙

每条街站成两排

慕名而来的客人

不知道谁是新娘

总想一饱眼福

满大街寻找

个个美若天仙

最终找不出来

汽车说着方言

拉着嫁妆螺蛳粉

在柳工机械哥哥的带领下

浩浩荡荡地送嫁

兴致勃勃的客人

争先恐后地想认识伴娘

赏析

龙城柳州，在三月的阳春里，披上了新绿的衣裳，轻云飘荡，宛如一幅美丽的画卷。此时，龙城迎来了一场盛大的婚礼，新娘正是那美丽动人的紫荆花。

在这场婚礼上，紫荆花犹如一个模特，娇羞地隐藏在伴娘之中。这些伴娘们穿着粉红色的连衣裙，头戴红盖头，每一个都美若天仙，让人目不暇接。街道两旁，挤满了慕名而来的客人，他们都想一睹新娘的芳容，却难以分辨出哪一位是真正的新娘。

汽车拉着丰富的嫁妆——螺蛳粉，在柳工机械哥哥的带领下，组成一支浩浩荡荡的送嫁队伍。这些兴致勃勃的客人，看着美丽的新娘和丰厚的嫁妆，纷纷争先恐后，希望自己能认识美若天仙的伴娘。

在这场热闹非凡的婚礼中，龙城柳州展现了独特的风情，让每个人都感受到了浓厚的喜庆氛围。而紫荆花新娘，在这欢乐的时光里，带着对未来生活的期待，迈向了新的人生阶段。

第四辑

人生剧场

薛宝钗

珍珠如土金如铁的财富
朴实的衣着不沾烟火气
杏子般的眼睛饱含情感
不施胭脂的脸部饱满白皙
嘴唇不点而含丹红
眉毛不画像柳条一样弯
娘胎里带来的一股热毒
历尽炎凉医治
才高八斗
多少男儿自愧不如
纤纤玉指仔细一掐
大观园管理井井有条
宽容大度的个性
表现得淋漓尽致
唯叹金玉良缘
也难逃独守空闺的悲剧

赏析

薛宝钗,《红楼梦》中的重要人物,她出身名门,家中资财丰厚,可谓"珍珠如土金如铁"。然而,她生活朴素,衣着不沾烟火气,彰显出她高尚的品质。

她有着杏子般的眼睛,饱含情感,不施胭脂的脸部饱满白皙,嘴唇含丹红,眉毛如柳条。外表健康的她其实自胎里便带着一股热毒,历经无数名医皆未痊愈。

薛宝钗才华横溢,令许多男子自愧不如。她曾将大观园管理得井井有条,展现出严谨的态度。她宽容大度的个性,使得她在面对各种困境时,都能表现得很好。

然而,尽管具备如此多优点,薛宝钗的命运却充满悲剧。金玉良缘的良缘终究难以抵挡命运的安排,她最终独守空闺,令人惋惜。在她的一生中,尽管身处繁华世态,但她始终保持朴实无华的品质,成为红楼梦中一道独特的风景线。

林黛玉

转世投胎的仙子
身上散发独特的灵气
晶莹剔透的泪珠
从春季流到夏季
孤苦伶仃的少女
演绎寄人篱下的悲剧
弱柳扶风的身体
每摇一步都充满诗意
秋天窗外飘飞的风雨
宣泄着浓浓的愁绪
那首牵肠挂肚的葬花曲
花落人亡两不知
咏菊、菊梦、问菊
每首都是飘香的诗句
爱的花朵为什么开得那么迟
献出生命也等不到归期

赏析

　　林黛玉，《红楼梦》中的女主角之一，被誉为"转世投胎的仙子"。她身上散发出独特的灵气，那晶莹剔透的泪珠仿佛从春季流到夏季，诉说着她孤苦伶仃的命运。

　　在《红楼梦》的故事里，林黛玉身世坎坷，演绎了一出寄人篱下的悲剧。她的身体如弱柳扶风，每一步都充满诗意。秋天的窗外，风雨飘摇，如同她内心的愁绪般宣泄不尽。

　　林黛玉擅长吟诗作赋，那首牵肠挂肚的葬花曲"花落人亡两不知"，以及咏菊、菊梦、问菊等诗篇，都是她心情的写照。然而，她爱的花朵为何开得那么迟，即使献出生命，也等不到归期。

　　林黛玉的命运充满了悲情，她在红楼梦中以独特的形象和才情吸引了无数读者关注。然而，生活对她的苛刻从未改变，她终究无法摆脱命运的束缚，成为一个令人叹惋的悲剧人物。

贾元春

像一根被利用的绳子
连着家族与权贵关系
像一根孤单的绳子
没有享受父亲的爱意
像一根强有力的绳子
鞭打着家族爱慕虚荣的面子
像一根断了头的绳子
一头掉进权力的油锅
像一根犯忌的绳子
被权力的弓弦射断
一根不复存在的绳子
让名望的家族丢了魂

赏析

　　贾元春是《红楼梦》中的角色，她是贾府的长女，贾政和王夫人的亲生女儿。

　　首句"贾元春，像一根被利用的绳子"，揭示了贾元春在家族和政治势力之间的尴尬地位，她被用作联姻的工具，皇帝为了巩固皇位，贾家也为了巩固家族的地位。

第二句"连着家族与权贵关系"，说明贾元春的婚姻关系使得贾府与权贵阶层有了紧密的联系，进一步提升了家族的势力。

第三句"像一根孤单的绳子"，表现了贾元春身在深宫无人爱，皇上对她冷漠，使得她内心孤独。

第四句"没有享受父亲的爱意"，揭示了贾元春的父亲把她当皇妃，尊卑有别，不把她当女儿，她享受不到父亲的关爱。

第五句"像一根强有力的绳子"，形容贾元春在家族中的地位和影响力，她的存在对家族有着重要的支撑作用。

第六句"鞭打着家族爱慕虚荣的面子"，指出贾府为了迎接贾元春省亲，大操大办，她没有高兴，反而更加担忧贾家的未来。

第七句"像一根断了头的绳子"，意味着贾元春为了家族的命运，不得不陷入权力的漩涡，生命危在旦夕。

第八句"一头掉进权力的油锅"，描述了贾府在权力斗争中陷入困境，贾元春的死成为家族衰落的导火索。

第九句"像一根犯忌的绳子"，贾元春的立场与贾家的立场绑在一起，一荣俱荣，一损俱损，贾元春岌岌可危。

最后两句"一根不复存在的绳子""让名望的家族丢了魂"总结了贾府的衰落，贾元春的死亡使得家族失去了曾经的辉煌，陷入了困境。这首诗通过对贾元春的形象描绘，反映了封建社会家族衰落的历史命运。

贾探春

是一个诗的播种者
海棠诗社飘出优美的诗行
是一首美丽的青春诗
姣好的面容和杨柳纤腰
组成最清新的诗句
是一首抒情诗
倾诉对母亲浓烈的爱
是一首奋进的改革诗
大观园里浩荡春风换新颜
是一首离别诗
海疆路上一帆风雨路三千
是一首绝笔诗
玫瑰枯萎泪洒天堂

赏析

　　贾探春，是《红楼梦》中的一位重要人物，聪慧灵敏，才情出众，被誉为"诗的播种者"。在她的引领下，大观园中的海棠诗社诞生了许多优美的诗篇，犹如青春的一首首诗篇，展现了贾探春及其同伴们充满活力的生命风采。

　　贾探春的形象犹如一首抒情诗，她倾诉对母亲浓烈的爱意，体现出真挚的情感。同时，她也是一首奋进的改革诗，在大观园中推动春风换新颜的变革。然而，命运多舛，贾探春的离去，也如一首离别诗，海疆路上一帆风雨，路途遥远。

　　最后，贾探春的绝笔诗如同玫瑰枯萎，泪洒天堂，让人惋惜不已。在她的一生中，无论是美好的时光还是离别的悲伤，都如一首首动人的诗，流传千古。

史湘云

是一叶可怜的小船
得不到大海母亲的厚爱
也得不到高山父亲的呵护
是一叶快乐的小船
装着烧烤鹿肉的欢声笑语
也装着芦雪庵清新的诗句
是一叶无拘无束的小船
俏丽妩媚又风流倜傥
两袖清风随云去
醉眠青石凳上
恣意享受芍药飘飞的气息
是一叶辛酸的小船
忍受生活水深火热的痛楚
是一叶悲催的小船
演绎寒塘渡鹤影的悲剧

赏析

史湘云，《红楼梦》中的佳人，她的命运如同这首诗所描述的那样，充满曲折与变化。在这首诗中，史湘云被比喻为一叶小舟，她在茫茫大海中飘摇，既得不到大海母亲的厚爱，也得不到高山父亲的呵护。

然而，她并非完全孤独，她的船上装满了欢声笑语和清新的诗句。在芦雪庵，她与朋友们共度欢乐时光，无拘无束地展现自己的才情，俏丽妩媚又风流倜傥。她性格开朗，不畏艰辛，两袖清风，随云而去，醉眠青石凳上，享受芍药飘飞的气息。

然而，生活中的史湘云并非一帆风顺。她忍受着水深火热的痛苦，如同诗中所描述的那叶辛酸的小舟。在她的生命中，她也经历了寒塘渡鹤影的悲剧，命运多舛。

总体来说，这首诗描绘了史湘云的一生，既有欢乐与美好，也有辛酸与悲剧。然而，她始终保持着无拘无束的精神风貌，勇敢地面对生活的种种挑战。在《红楼梦》这部巨著中，史湘云的形象生动而立体，给读者留下了深刻的印象。

妙　玉

自小洁白如玉的身体
患上了蹊跷的怪病
药方用尽难以治愈
天真无邪的三岁小孩
却要带发出家修行
青春岁月
在佛院庵堂里打磨
自称是槛外人
却未真正跳出尘世
不洁不空，六根不净
梅花雪茶飘香，情难自禁
不是贵族的人
却意外踏进贵族的门
气质美如兰，才华馥比仙
性格却孤僻清高
可怜妙玉冰清质
落入匪人无踪迹

赏析

妙玉,《红楼梦》十二金钗之一, 这个自小身患怪病的孩子, 在三岁时便不得不带发出家修行。她的身体洁白如玉, 却因病难以治愈, 而在佛院庵堂里度过了大半生。她自称是槛外人, 试图跳出尘世, 然而终究未能摆脱六根不净的困扰。

在庵堂中, 她与梅花雪茶为伴, 虽然情感难以自禁, 但她始终坚守自己的清高之志。她的气质美如兰花, 才华馥比仙子, 却因身世原因, 性格孤僻清高。

然而, 这位槛外人终究还是未能逃过命运的捉弄。她虽非贵族出身, 却意外踏进了贵族的世界。她的身体和心灵都受到了严重的伤害, 最终落入匪人之手, 从此无影无踪。在她短暂的一生中, 她坚守着自己的信仰和清高, 然而命运却对她如此不公。可怜的妙玉, 这位冰清玉洁的女子, 在她的人生道路上, 充满了艰辛和无奈。

贾迎春

是一只可怜的羊
从小就没有娘
是一只美丽的羊
合中身材毛发光亮
是一只富贵的羊
拥有华丽的闺房
是一只沉默的羊
戳一针也不会声张
是一只怕事的羊
同伴有难却铁石心肠
是一只没有原则的羊
乳母犯错最终被原谅
是一只薄命的羊
落入狼窝一载赴黄粱

赏析

　　贾迎春，《红楼梦》中贾府的二小姐，她的命运就如同这首诗所描述的那样，充满了悲剧色彩。她从小就没有母亲，父亲贾政忙于政务，使得她在贾府中地位边缘。尽管她拥有美丽的容貌和华美的闺房，但她内心却充满无奈和沉默。

　　在《红楼梦》的故事中，迎春是一个善良而怕事的人，面对困境，她总是选择沉默，甚至当她的同伴遭遇困难时，她也无法挺身而出。她的宽容和忍让无度，使得她在乳母犯错时也能原谅。

　　然而，命运并没有眷顾这位美丽的女子。她最后落入了一个恶劣的婚姻陷阱，她受到丈夫孙绍祖的虐待，生活陷入痛苦。在《红楼梦》的故事中，迎春的命运如同这首诗所描述的那样，一年之内便走向了悲惨的结局，体现了封建社会中女性的不幸命运和无奈处境。

贾惜春

一颗冷冷的心
像冬风一样高冷而深沉
一个冷冷的口
像冰霜一样凝固
一个狠狠的人
不管别人生死保自身
这所有的假象
是因为心中装满忧愁
一双妙手绘画屏
美丽的山水横拖千里外
高耸的楼台插入云端中
"三春"姐姐悲惨的命运
深深地烙在心中
带着长发出家修行
穿着黑色的衣服讨吃
可怜冰清玉洁女
独自卧在青灯古佛旁
像一盏火苗颤抖的灯
油尽灯枯让人惋惜

赏析

贾惜春，是《红楼梦》中的一位重要人物，贾府的四小姐，性格冷峻，内心深处充满了忧虑。她为了保护自己，刻意营造出一副高冷的形象，如同冬风般深沉。她的言语如同冰霜般凝固，让人难以接近。

在她的外表下，隐藏着一颗狠狠的心，她不管别人生死，只求自身平安。这所有的假象，皆是因为心中装满了忧愁。她擅长绘画，妙手绘出的山水之美令人叹为观止。

然而，"三春"姐姐的悲惨命运深深地烙在她的心中，最终，她选择带着长发出家修行，穿着黑色的衣服讨吃，独自忍受着命运的折磨。

贾惜春，这个冰清玉洁的女孩子，独自卧在青灯古佛旁，像一盏火苗颤抖的灯，油尽灯枯，让人惋惜。在她的一生中，虽然命运多舛，但始终坚持自我，以坚定的信念度过风雨。

王熙凤

一个善变的妖精

摇身一变

一双丹凤三角眼

两弯柳叶吊梢眉

身量苗条妩媚风骚

铁石心肠

白色的面容带着春风

红唇未开启笑声先到

幽默诙谐的开心果

表面清廉却贪得无厌

治理宁国府井井有条为自己

享受新鲜热辣的生活

贪欲的沟壑难以填平

有一万个心眼

每个心眼都是阴谋诡计

八面玲珑

刮得风四起

相思局里设毒计

对丈夫行家族大礼

背地里却勾结官府

对下人发号施令

举手便打无休止

一个可怜人

倾尽全身的力气
守不住宁国和荣国府一块地
机关算尽太聪明
最终丢掉了卿卿性命

赏析

　　王熙凤，是《红楼梦》中的重要人物，被誉为"脂粉堆里的英雄"。她聪明能干，机智过人，有着高超的治理家业的能力。然而，她也存在贪婪和心狠手辣的一面，使得她在家族中备受争议。

　　王熙凤的形象鲜明，她的三角眼、吊梢眉、苗条的身姿，走起路来扶风摆柳，给人留下深刻的印象。她的笑声爽朗，言语诙谐，是府中的开心果。然而，她表面的清廉掩盖不住内心的贪欲，她的心机深沉，阴谋诡计层出不穷，让人防不胜防。

　　她管理宁国府井井有条，尽显女强人的风采。然而，她对自己的生活也有着极高的要求，追求新鲜热辣的生活，贪欲的沟壑难以填平。在她身上，有着一股强烈的骄矜气质，让她在家族中独树一帜。

　　虽然王熙凤心狠手辣，对丈夫贾琏，她却行家族大礼，尽妻子之责。然而，在背地里，她与官府勾结，图谋家族的利益。她对下人严厉，举手便打，展示了她铁石心肠的一面。

　　然而，王熙凤的命运并不美好。她机关算尽，最终却丢掉了性命。这位"脂粉堆里的英雄"，终究在《红楼梦》中留下无尽的遗憾。

贾巧姐

出生七巧节

小巧玲珑的娇身

染上了难治的痘疹

刘姥姥怕撞了花神

以毒攻毒的念想

起了这凑巧的名字

住在雍容华贵的府中

一个香圆的柚子

一个灵通的佛手

结成一对传奇姻缘

贾府日渐衰败

父母锒铛入狱

无情舅舅狼心

狠毒奸兄狗肺

忘恩负义火上推

刘姥姥忍辱掏金救回

公侯之门的千金

过上荒村野店的纺织生活

通天灵的名字

有着逢凶化吉的福气

赏析

贾巧姐，是《红楼梦》十二金钗之一，承载了许多传奇故事。她出生在七巧节，身形小巧玲珑，出生时就注定了她不平凡的一生。在她成长的过程中，一度染上了难治的痘疹，让刘姥姥都为她担心，怕撞了花神。

贾巧姐生活在雍容华贵的贾府中，身边充满了各种宝物，如香圆的柚子，又得了灵通的佛手。这些宝物与她的人生一样，充满传奇。在她的生命中，结成了一段传奇姻缘，见证了贾府的兴衰。

然而，贾府并未长久繁荣，随着父母的入狱，舅舅的狼心和奸兄的狗肺，贾巧姐的生活也发生了翻天覆地的变化。在困境中，她却能凭借着自己的智慧和勇气，等待机会。

在这段艰难时期，刘姥姥出现了，她忍辱负重，用自己的力量救回了贾巧姐，使她免于陷入更深的困境。在这过程中，贾巧姐的名字成为她逢凶化吉的象征，让她在荒村野店中找到了新的生活。

贾巧姐的人生充满了曲折，但她始终保持坚定的信念和乐观的心态，用自己的聪明才智战胜了种种困难。这个名字，不仅代表她的命运，也见证了她不屈不挠的精神和无尽的福气。在贾巧姐的故事中，我们看到了一个勇敢的女性，在逆境中成长，最终找到了属于自己的幸福。

李 纨

在青春靓丽的年华守寡

如槁木死灰的心情

在孤枕难眠的日子里

不受半点尘埃的侵入

如深巷中的古井

心中无波的沉静

像暮霭里的晚钟

发出悠扬的声音

自称稻香老农

那风流的文采

像蓬莱一样美丽

安分守己顺时

不陷入恐怖的漩涡

如菩萨奶奶的心肠

一门心思教子

如培养出一盆盛开的春兰

叹诰命夫人

满心抑郁最终命赴黄泉

赏析

　　李纨，是《红楼梦》中的重要人物，出身名门，年轻美貌，在丈夫贾珠去世后守寡。李纨性格坚忍，虽然生活在悲痛之中，但依然保持内心的清净，她的心灵像古井般宁静，不受外界的干扰。

　　她自称"稻香老农"，用风流的文采描绘出内心深处的悲凉。她安分守己，努力教育儿子，期盼儿子能有一番作为。

　　然而，李纨的心中充满了抑郁，丈夫的早逝使她青春的年华陷入无尽的悲痛。她像一盆盛开的春兰，独自绽放，却无人欣赏。最终，在无尽的哀伤中，李纨命赴黄泉，令人唏嘘。

　　李纨的故事展现了女性在封建社会中面临的困境，以及在命运面前不屈的精神。她用自己的方式，诠释了生命的脆弱与坚忍，成为《红楼梦》中一位令人难忘的角色。

秦可卿

情可卿
天女下凡
像一朵盛开的桃花色泽艳丽
像一朵盛开的牡丹清新脱俗
像一朵盛开的莲花纯洁高雅
像一朵盛开的菊花洁白如雪
鲜艳而妩媚的容貌像薛宝钗
纤巧而袅娜的体态像林黛玉

情可亲
对待长辈像春风一样温暖和煦
对待同辈像清晨露珠一样晶莹
对待晚辈像初升朝阳一样明亮
对待仆人像山涧清泉一样流淌
温柔和平的行事风格
在贾府重孙媳中如鱼得水

情可轻
忍辱负重
百般难处千般苦楚
选择了沉默地接受
情天情海幻情身
一生抹不掉的污点

万般屈辱

悬梁自缢天香楼

情可钦

承受公公的折磨

冲不破丈夫团团误解的迷雾

手足大闹学堂的悲剧

深陷火坑祸不单行

依然用涓涓细雨滋润贾府

极尽奢华的丧礼

街上人来人往送行

官员送来一簇簇的鲜花

叹仙人羽化而去

贾府的厅堂上依然响着

"月满则亏,水满则溢"的忠告

 ## 赏析

　　秦可卿,一个充满神秘色彩的人物,她的形象在《红楼梦》中犹如一朵盛开的鲜花,色泽艳丽,清新脱俗,纯洁高雅,洁白如雪。她的容貌鲜艳而妖媚,仿佛薛宝钗的再现,体态纤巧而袅娜,如同林黛玉的翻版。

　　秦可卿待人接物如春风般温暖,对长辈尊敬,对同辈真诚,对晚辈

关爱，对仆人友善。她温柔和平的行事风格在贾府重孙媳中备受好评，如鱼得水。

然而，在她光鲜的外表下，却隐藏着一段忍辱负重经历。她百般难处，千般苦楚，选择了沉默地接受，忍受着情天情海幻情身的痛苦。最终，她在万般屈辱中悬梁自缢，天香楼成为她一生的遗憾。

尽管如此，秦可卿依然令人钦佩。她承受着公公的折磨，冲不破丈夫团团误解的迷雾，面对手足大闹学堂的悲剧，她依然用涓涓细雨滋润贾府。因为她的默默贡献，她的丧礼极尽奢华，街上人来人往送行，官员送来一簇簇的鲜花。她的一生，犹如仙人羽化而去，令人惋惜。在贾府的厅堂上，依然回响着"月满则亏，水满则溢"的忠告，她用生命诠释了这个道理。

唐 僧

貌似没本事
一副软弱体
都想吃一口
世间最长寿
只识表皮囊
不识好心肠
心中有慈悲
不识妖魔鬼
会念紧箍咒
折磨老猴头
性格犟如驴
鞭打回不去
对谁都鞠躬
不分富与穷
天生耳根软
险遭妖暗算
美色迷惑他
铭记是出家
师徒取经路
历经千万苦
唐代出高僧
功成东方圣

赏析

　　这首诗讲述了《西游记》中的主人公唐僧。唐僧是一位慈悲善良的高僧，虽然没有武艺，但他具备坚定的毅力和恒心，带领孙悟空、猪八戒和沙僧，四人历经艰险，取得真经。

　　诗中提到唐僧没有真本事，指的是他不像孙悟空等人有神奇的本领，而是依靠内心的慈悲和毅力来面对困境。一副软弱体，意味着他的身体素质并不出众，却能坚持到底。书中许多妖魔鬼怪都想要吃一口唐僧的肉，以为这样可以获得长寿。

　　诗中提到唐僧只识表皮囊，不识好心肠。这表明他在世间万象中，看不清事物的本质，但心中却充满慈悲。虽然唐僧耳根软，容易受骗，但他心中充满慈悲，对所有人都鞠躬尽瘁，不分贫富。在面对诱惑时，他牢记出家人原则。在取经路上，唐僧历经万千磨难，终于带领徒弟成功取得真经，成为东方圣者。

孙悟空

生来无爹娘
水帘洞收养
本是弼马温
自封齐天圣
一个美猴王
天宫闹猖狂
一根金箍棒
妖怪无处藏
一对火眼睛
妖怪辨得清
炼就金刚身
任凭烈火焚
七十二般变
遍地找不见
腾云又驾雾
召唤最神速
头上紧箍咒
抓耳又挠头
西天取经道
功劳第一高
真经修成果
荣封斗战佛

赏析

　　孙悟空，又称美猴王，是我国经典神话故事《西游记》中的主要角色之一。他石头所生，无父无母，在花果山水帘洞中长大。最初，孙悟空担任天庭的弼马温，后来自封为齐天大圣。他拥有一根金箍棒，妖怪闻风丧胆。

　　孙悟空身怀神通，火眼金睛，能辨认妖怪。他有金刚不坏之身，不畏烈火。拥有七十二般变化，令妖怪无处寻觅。他驾云雾，行动神速，令人叹为观止。然而，头上戴着紧箍咒，有时会让他感到痛苦不堪。

　　孙悟空在《西游记》中，陪伴唐僧西天取经，降妖伏魔，历经重重磨难，最终取得真经，修成正果，被封为斗战胜佛。他的勇敢、智慧和忠诚，成为民间传说的传奇英雄。

猪八戒

本是天蓬帅
下凡如尘埃
美色比耙重
走也走不动
好吃又懒做
身材像陀螺
说话不过滤
累得喘粗气
心中无烦恼
哪都吃得饱
一张大嘴巴
喜欢自己夸
憨厚又迟钝
显得有点笨
取经征途上
心系高老庄
样子有点呆
滑稽又可爱
妖怪常疑惑
分不清敌我
忠诚天地鉴
净坛使者强

赏析

　　猪八戒，原是天蓬元帅，地位崇高，但因戏嫦娥被贬下凡间，投胎为猪妖。他性格豁达，说话直接，有时不顾及场合。在下凡间后，猪八戒经历了许多磨难，但他始终保持着乐观的心态，好吃懒做，身材圆润，如同陀螺一般。

　　在他的生活中，猪八戒总是充满好奇心，喜欢四处探险。他的一张大嘴巴常常让他说话不过滤，喘着粗气，但他心中并无烦恼，到哪里都能吃得饱。尽管他看起来有些憨厚迟钝，常常分不清敌我，但他对朋友的忠诚是天地可鉴的。

　　在取经的征途上，猪八戒一直是孙悟空和唐僧的得力助手。他心系高老庄，渴望重回家乡，但在关键时刻，他总是勇敢地站在师兄弟身边，共同对抗妖怪。他的滑稽可爱，让他在困境中给人带来欢笑，成为取经团队中不可或缺的一员。

　　在历经重重磨难后，猪八戒最终圆满完成取经任务，成为净坛使者，重回上界，继续享受他的福。他的故事成为世人传颂的佳话，也让我们看到了一个平凡而又不平凡的猪八戒。

沙 僧

打破琉璃盏
被贬到凡间
西天取经路
弃恶从善渡
大摇又大摆
千坤万里徘
担挑神秘品
从未见原形
碰到危险境
头脑最清醒
吞声又忍气
从不争名利
粗中带点细
行事小心对
外表有点丑
行善不保守
一身好武艺
不死脱身皮
流沙河而来
第一大功劳
三打白骨精
宝杖不留情
通天河斗怪

淋漓又畅快
功德天地鉴
金身罗汉也

 **赏析**

　　沙僧，即沙悟净，是《西游记》中的主要角色之一。他是唐僧的徒弟，孙悟空和猪八戒的师弟。沙僧因打破琉璃盏被贬到凡间，后来在西天取经路上，他弃恶从善。

　　在取经过程中，沙僧一直忠诚勇敢，担当团队中的稳重角色。他担挑神秘品，从未见原形。在碰到危险境地时，他总是头脑清醒，为师兄弟们出谋划策。沙僧吞声又忍气，从不争名利，行事小心谨慎。虽然他外表有点丑，但他行善不保守，一身好武艺，取经路上立下了赫赫战功。

　　流沙河拜师后，沙僧在渡河过程中发挥了重要作用，成为第一大功臣。在三打白骨精的过程中，他宝杖不留情，勇敢地与妖怪战斗。在通天河的战斗中，他淋漓尽致地展现了自己的武艺，为师兄弟解围。

　　最终，沙僧功德圆满，得到了天地见证，成为金身罗汉。他在取经路上表现出的忠诚、勇敢和智慧，为众生所称颂。沙僧的故事告诉我们，只要具有毅力和信念，亦能成就非凡事业。

李　煜

千斤的笔刚落
就惊起滔滔江水
名垂千古的词帝
前无古人后无来者
一支颤笔如金错刀
婉若游龙
翩若惊鸿
如寒松霜竹
一缕笛声悠扬婉转
如山间鸟鸣
如古琴淡雅
如云舞霓裳
一支丹青画笔
把细小的鲜竹
描得气宇轩昂
高雅脱俗
一颗宽厚仁慈的心
装着黎民百姓
那流离失所的情景
他泪洒金銮殿
一个流连风月的君主
社稷飘摇
虎落平阳
一江忧愁向东流
心中希望熄灭在没落的南唐

赏析

　　南唐后主李煜，堪称才子，他因诗词被誉为"千古词帝"，在我国文学史上具有重要地位。他的笔触如千斤重，一字落下，江水滔滔，意境深远，前无古人，后无来者，展现了他深厚的文化底蕴和独特的艺术魅力。

　　李煜的书法独特，手挥一支颤笔，如游龙惊鸿，婉约翩跹，如寒松霜竹，展现了他的才子风范。

　　他的一缕笛声，悠扬婉转，如山间鸟鸣，古琴雅韵，云舞霓裳，展现了他的音乐才华。

　　他的丹青画笔，细腻入微，即使是细小的竹子，也能描绘得气宇轩昂、高雅脱俗。

　　李煜有一颗宽厚仁慈的心，装着黎民百姓，他关心民生，同情百姓的流离失所，泪洒金銮殿，展现了他的仁爱之心。

　　然而，他是一个流连风月的君主，社稷飘摇，虎落平阳，他的江山最终失落。他心中的希望熄灭在南唐，令人唏嘘。

王羲之

一支甜甜的笔
充满朝气
畅饮墨汁
笔走龙蛇
三分入木神力

一支谦虚的笔
博采众长
挥舞铁钩银划
如仙翁舞剑
道骨仙风飘逸

一支爱情的笔
无巧不成书
袒胸挥毫洒脱
凤落梧桐
爱情美好甜蜜

一支盖世的笔
醉饮狂书
天马行空
云卷云舒
世代飘香万里

赏析

王羲之，我国东晋时期的著名书法家，被誉为"书圣"。他的书法作品充满活力，如诗中所描述的"一支酣甜的笔，充满朝气，畅饮墨汁，笔走龙蛇，三分入木神功"，展现了他独特的书法风格。

他的书法流畅飘逸，如诗中所描述的"一支谦虚的笔，博采众长，挥着铁钩银划，如仙翁舞剑，道骨仙风飘逸"。王羲之的书法独树一帜，成为后人学习的楷模。

王羲之的书法，蕴含着爱情故事，"一支爱情的笔，无巧不成书，袒胸挥毫洒脱，凤落梧桐，爱情美好甜蜜"，这不仅体现了他书法的魅力，也展示了他在爱情中的浪漫情怀。

王羲之的书法作品，如诗中所描述的"一支盖世的笔，醉饮狂书，天马行空，云卷云舒，世间飘香万里"，在书法史上具有极高的地位，成为世人传颂的佳作。

王羲之的书法艺术，不仅表现在书法作品本身，更在于他的热情和精力。他的书法故事，成为后人传颂的佳话，影响着一代又一代书法家。

李白的诗

跨越碧空的想象力

像悠悠的白云无拘无束

豪放不羁的气概

如同神龙在狂飙中舞动

像随风舞动的柳条

施展柔美的内涵

如飞翔的雄鹰

万米高空俯瞰大地

笔法梦幻多变

如彩虹般绚丽多彩

用词潇洒自如

像微醉一样朦胧

清新的诗句如出水芙蓉

牵动世间冷暖的丰富情感

犹如喷涌而出的泉水

叮叮咚咚地传向万里

笔落惊风雨

诗成泣鬼神

一代诗仙的千古芳名

如一条长长的瀑布

银河落九天般飘洒

赏析

李白的诗，如同飞翔在天际的雄鹰，俯瞰大地，气势磅礴。他的作品跨越千年的历史，仍然散发着无尽的魅力。李白被誉为"诗仙"，他的诗作充满豪迈、奔放的气息，犹如神龙在狂飙中舞动。

在他的诗篇中，我们可以看到他悠然自得、无拘无束的想象力，如同悠悠的白云，自由飘荡。他的笔法多变，如同随风舞动的柳条，展示出柔美的内涵。李白的诗句如出水芙蓉，清新脱俗，丰富的情感触动人心。

他运用奇妙的比喻，将抽象的思绪化为具体的画面，令人叹为观止。他的词汇丰富，潇洒自如，犹如微醉的朦胧，令人陶醉。李白的诗作内涵深刻，正如喷涌而出的泉水，叮叮咚咚地传向万里，笔落惊风雨，诗成泣鬼神。

李白的诗歌千古流传，他的大名犹如一条长长的瀑布，银河落九天般飘洒。他的诗篇诠释了世间冷暖，成为后人传颂不衰的艺术瑰宝。在李白的诗中，我们可以感受到他独特的浪漫气质和超凡的想象力，这正是他作为中国文学巨匠的魅力所在。

李白的书法

信手拈来几行字
像天马行空一样轻狂
豪放飘逸的字体
像一群大雁在翱翔
气势磅礴的笔画
如战士铿锵的步伐
笔锋刚劲锐利
一撇一捺像钢鞭抽打
走笔行云流水
入木三分的笔力
像刻在神龙的头上
龙飞凤舞的笔刚收起
翰墨香飘四溢
即使高高在上的皇帝
也由衷地羡慕不已

赏析

李白，字太白，号青莲居士，是我国唐代伟大的浪漫主义诗人。他的诗具有极高的艺术价值，被誉为"诗仙"。在书法方面，李白同样具有很高的造诣。

李白的书法风格独特，被誉为"狂草"。他的字体豪放不羁，气势磅礴，如同他的诗歌一样，充满豪放的气息。李白在书写时，信手拈来，挥洒自如，仿佛天马行空，群雁翱翔。他的笔锋锐利，如同尖刀，入木三分，令人惊叹。

李白的书法作品在当时就备受推崇，他的字犹如神龙翱翔，龙飞凤舞，香飘四溢。即使高高在上的皇帝，也为之羡慕。李白的书法和诗歌一样，成为后人传颂不衰的艺术瑰宝。

总体来说，李白的书法犹如他的诗歌，充满了豪迈、奔放的气息，展现了他独特的艺术风格和个性魅力。

李白的剑

一个飘逸的身影

像一只展翅的凤凰

一把龙泉宝剑在手

在空中划过一道道优雅的弧线

虎虎生风的剑闪着寒光

一把饱含灵气的宝剑

横刃在中华大地上

斩除一切凶恶的虎狼

保社稷安宁

救百姓沧桑

挥舞着剑曲

饮着千觞酒

在山河中自由驰骋

酒剑合一辉映太阳

一名剑术高超的诗人

享誉整个盛唐

赏析

李白，被誉为"诗仙"，他的诗歌作品具有极高的艺术价值，深受后人喜爱。他不仅是杰出的诗人，还是剑术高手。在他的一生中，剑与他形影不离，成为他抒发豪情的象征。

李白手中的龙泉宝剑，寓意正义和力量。他挥舞着这把剑，捍卫国家的安宁，保护百姓的福祉。在李白的诗歌中，剑成为一种意象，代表着他坚定的信念和崇高的品质。

李白和他的剑，伴随着饮千觞酒，自由驰骋在山河之间。他挥舞着剑，舞出了一道道优雅的弧线，剑光如白练，气势如虹。剑与酒，成为李白生活中不可或缺的部分，也是他作品中永恒的主题。

作为一名剑术高超的诗人，李白的名声在盛唐时期达到了巅峰。他的剑与诗，成为那个时代的象征，至今仍为世人津津乐道。李白的一生，既有酒的豪放，又有剑的锋芒，他以其独特的个性，塑造了一个属于他的辉煌时代。

第五辑

咏物抒怀

菜　刀

与砧板朝夕相处
奏响咔嚓咔嚓的乐曲
让炊烟袅袅升起
刀刃太锋利
老实的砧板难免会脱皮
刀两面磨得光鲜亮丽
砧板就会减少压力
刀面如果长着斑斑锈迹
砧板就会被压得气喘吁吁
刀刃如果伤身害体
砧板就会痛苦地叹息
面对种种油腻
都学会吞声忍气
这一对相濡以沫的夫妻
为着油盐柴米
留下磕磕碰碰的痕迹
相互陪伴不离不弃

 **赏析**

　　这是一首描绘菜刀和砧板的诗，通过对比菜刀和砧板的相互关系，展现了日常生活中厨房器具的生动形象。菜刀和砧板作为厨房中不可或缺的伙伴，它们之间的关系就如同夫妻一般，相互陪伴、不离不弃。

　　在这首诗中，菜刀代表着锐利、进取，砧板则象征着包容、承受。尽管在使用过程中会留下磕磕碰碰的痕迹，但这恰恰见证了它们为家庭付出的辛勤努力。

　　诗中提到的"油盐柴米"，寓意着平凡的家庭生活，正是这些琐碎的日常，铸就了菜刀和砧板这对默契的伙伴。它们在艰辛的岁月中，相互扶持、共度风雨。菜刀磨得光鲜亮丽，砧板承受着压力，但它们都心甘情愿地为家庭付出，毫无怨言。

　　这首诗以寓意丰富的形象，向我们展示了生活中的酸甜苦辣，也让我们更加珍惜那些默默无闻的日常生活。在繁忙的都市生活中，我们需要时刻铭记这些平凡的美好，用心感受菜刀和砧板所传达的家庭温暖。

锄　头

身骨很硬
柄很长
经常被别人握住
自己不累
握住柄的人累
把感情植入泥土里
倾听大地的呼吸
上下舞动
用一根根杂草
擦亮自己的脸面
当柄断了
乃为丰收之示

赏析

　　这是一首关于锄头的诗，通过描绘锄头的特点和作用，表达了农民劳作的艰辛。锄头身骨坚硬，柄很长，经常被别人握住，助农家耕耘。

　　在这首诗中，感情被植入泥土，倾听大地的呼吸。锄头在农民的手中上下舞动，去掉了一根根杂草，让土地更加肥沃。在这个过程中，农民们用自己的辛勤努力，擦亮了锄头，也擦亮了自己的脸面。

　　然而，当柄断了，乃为丰收之示。这或许意味着在艰辛的劳作之后，农民们终会迎来收获的季节。这首诗表达了对农民辛勤劳作的敬意，同时也传达出对美好生活的向往。在这个过程中，锄头成为农民们最亲密的伙伴，见证着他们的辛勤与付出。

电线杆

志同道合的兄弟
笔直地站成忠诚的卫士
从不张嘴说话
心有灵犀一点通
共同寻找光明的真理

一身硬骨头
从不向狂风暴雨低头
就是累了也要站直

年轻时的电线杆
把无限的牵挂
扛在坚实的肩上
诠释成爱的意义
形成一道美丽的风景线

如今的电线杆
历经日升日落
思想成熟稳重
把更多的牵挂藏到地下
把辛勤付出变成秘密
动作干净利索
像一根定海神针
插在幸福的土地上

赏析

　　这首诗描述了电线杆的形象，将其比喻为忠诚的卫士和坚定的信仰象征。诗中表达了对电线杆的敬意，赞美了其在生活中的重要作用。

　　电线杆默默无闻地矗立在那里，像一位坚定的战士，承受着风雨的洗礼，却始终坚守职责，为人们输送着光明的力量。它心有灵犀，与志同道合的兄弟共同寻找真理，展现出一身硬骨头的坚韧品质。

　　年轻时的电线杆，肩负着无限的牵挂，将其诠释成爱的意义，成为一道美丽的风景线；而历经岁月洗礼后的电线杆，思想成熟稳重，把更多的牵挂深藏在地下，将辛勤付出变为秘密。

　　在这首诗中，电线杆被赋予了深厚的内涵，成为一个象征信仰和坚韧不拔精神的形象。它干净利索的动作，像一根定海神针，稳稳地插在幸福的土地上，为人们的生活提供着坚定的保障。

　　这首诗通过对电线杆的赞美，表达了对忠诚、坚忍和奉献精神的敬意，同时也展现了对美好生活的向往和感激之情。

订书机

没有华贵的外衣

没有发达的肢体

练就蹲的功力

铁齿铜牙

随着咔嚓一声

刺破纸的肌肤

穿透故事的主题

铁钉虔诚地跪着

抱紧一页页精彩的故事

装订成一本厚重的历史

爱是家庭的订书机

不需要铁齿铜牙

把点点滴滴的爱收集

爱的咔嚓声

装订成一个幸福的版本

赏析

　　这首诗描述了一个订书机的形象，并通过拟人手法赋予订书机生命力。订书机虽然没有华贵的外衣和发达的肢体，但它有着铁齿铜牙，能够刺破纸的肌肤，穿透故事的主题。在这个过程中，订书机犹如虔诚的铁钉，抱紧一页页精彩的故事，将它们订成一本厚重的历史。

　　在家庭中，订书机则象征着爱。它不需要铁齿铜牙，而是用温柔的方式，将点点滴滴的爱收集起来。当订书机发出咔嚓声时，它实际上是在装订一个幸福的版本，将家庭的美好记忆牢牢地固定在一起。

　　这首诗通过描绘订书机的形象，表达了对家庭、爱情和历史的珍视，以及对生活中平凡事物的赞美。

高速公路

保持修长的身腰

是安全和幸福的跑道

坦荡的胸怀被滚动

将风尘仆仆的心包容

两只明亮的眼睛

把身旁的风景阅尽

有前进的路标

不会成为迷途的羊羔

身边划一个出口

送上爱的问候

没有红灯绿灯

一路畅通

钻入云霄

有九天揽月的自豪

越过大海

感受热烈的拥抱

跨过敦实的桥梁

感受水的温柔和善良

梦的前方

是一句没有写完的诗行

速度像风

瞬间消失得无影无踪

赏析

　　高速公路，被誉为现代社会的动脉，它连接着大江南北，缩短了城市与城市、人与人之间的距离。这首诗以生动的语言描绘了高速公路的特点，展现了其在社会发展中的重要作用。

　　诗中讲："保持修长的身腰，是安全和幸福的跑道"，这把高速公路比喻成一条安全的跑道，强调了其对于人们出行的重要性。同时，"坦荡的胸怀被滚动，将风尘仆仆的心包容"表现出高速公路的宽广和包容，使得人们的出行更加便捷。"两只明亮的眼睛，把身旁的风景阅尽"，这里的高速公路如同一位智者，见证了沿途的风景变化。"有前进的路标，不会成为迷途的羊羔"，路标作为指引，保证了行驶在高速公路上的车辆不会迷失方向。

　　诗中还提到"身边划一个出口，送上爱的问候"，这表达了高速公路的关爱，为出行的人们提供便利。"没有红灯绿灯，一路畅通"，形象地描绘了高速公路的便捷，让人们可以畅行无阻。"钻入云霄，有九天揽月的自豪"，这里把高速公路比喻成通向天空的阶梯，展现了其在人类发展中的壮丽景象。"越过大海，感受热烈的拥抱"表现了高速公路连接着每一个角落，让人们能够紧密相连。"跨过敦实的桥梁，感受水的温柔和善良"，桥梁和水，象征着高速公路的跨越和连接，展现了其对国家的重要性。"梦的前方，是一句没有写完的诗行"，表达了高速公路的无限可能，预示着其在未来将继续发挥重要作用。"速度像风，瞬间消失得无影无踪"，这里以风的速度来形容高速公路的行驶速度，凸显了其高效和便捷。

　　这首诗以丰富的想象力和生动的描绘，展现了高速公路在社会发展中的重要地位，表达了对高速公路建设的赞美和敬意。

锅　铲

不嫌弃背驼的锅
以熊熊烈火的爱
陪伴每个春夏秋冬
每天都知冷知热
给一瓢温柔的水
就能激动地沸腾起来
伸出老实的手柄
不给别人炒鱿鱼
牢牢掌控主动权
结交天下朋友
对正能量爆棚的朋友
快乐得上下翻飞
叮叮当当的碰撞声
给锅弹出一曲优美旋律
一个不带走油盐的锅铲
把酸甜苦辣炒醉
摆出满桌的人生

赏析

　　这首诗描述了一个锅铲的形象，它象征着生活中的坚忍和热情。诗人通过描绘锅铲在厨房中的场景，表现了它在面对生活中的种种挑战时，始终保持积极向上的态度。

　　这首诗中，锅铲不仅是一个厨房用具，更是一个富有情感和生命力的角色。它不嫌弃背驼的锅，以熊熊烈火的爱陪伴每个春夏秋冬。每天都知冷知热，给一瓢温柔的水就能激动地沸腾起来，这表达了锅铲在面对困境时，总能保持热情，积极应对。

　　同时，锅铲还象征着人际关系中的善良和友善。它伸出老实的手柄，不给别人炒鱿鱼，牢牢掌控主动权。这表明锅铲在与人交往时，懂得尊重他人，维护和谐的关系。而结交天下朋友，对正能量爆棚的朋友，快乐得上下翻飞，则展现了锅铲广交朋友，热爱生活的态度。

　　最后，"一个不带走油盐的锅铲，把酸甜苦辣炒醉，摆出满桌的人生"这句诗意味着锅铲用自己的努力和坚忍，将生活中的酸甜苦辣烹饪出一道道美味佳肴，呈现出丰富多彩的人生。

　　这首诗通过描绘锅铲的形象，传达了积极面对生活、热情待人、珍惜友谊等美好品质，表达了一种积极向上的人生态度。

红 薯

勒紧裤带
饥饿四处飘荡
一场倾盆大雨
把温饱的希望冲出
我和父亲弓着背
探索收过的红薯地
一些小红薯露出后背
我就迫不及待地抓到篮子里
带着喜悦匆匆回家
那些小小的红薯
陪我度过饥肠辘辘的岁月
如今在食堂
我的目光盯着鸡鸭鱼肉
看见个大饱满的红薯
却躲得远远的
只因那浓浓的阴影
刻在骨头里

赏析

　　诗歌生动地描绘了红薯在不同的时代背景下的变化。在过去那个饥饿的年代，红薯是生活的希望，人们为了寻找它们，不惧艰辛。如今，生活条件好了，红薯依然让人感慨万千。

　　一场倾盆大雨过后，土地洗净了尘埃，温饱的希望也愈发强烈。弓着背，在收割过的红薯地里寻找那些遗漏的宝藏。每当发现一个小红薯，就迫不及待地把它抓进篮子里，喜悦的心情溢于言表。

　　红薯是记忆中的温暖，也是成长的见证。如今，食堂里的美食琳琅满目，但看到个大饱满的红薯时，却忍不住躲得远远的，只因那浓郁的阴影，仿佛刻在了骨头里，永远无法抹去。

　　无论是过去的艰辛，还是现在的富足，红薯都扮演着重要的角色。它既是回忆中的救命稻草，也是如今餐桌上的美味佳肴。红薯的故事，就像一部活生生的历史，让不少人在品尝美食的同时，不忘过去的艰辛，也更珍惜现在的幸福生活。

花　瓶

长得高端大气
以空腹的姿态
吸吮蓝色的知识海洋
朵朵浪花追逐的快乐
一束花枝招展的玫瑰
在众目睽睽之下
悄然从光滑的脖子露出
外表光鲜亮丽
只有游丝般的底气
没有飘然升起的灵气
花容日渐变瘦
只能以泪洗面
不久香消玉殒
中看不中用的名声
却让充满理想的花瓶背负

赏析

花瓶，一个艺术品，承载着人们的美好寄托。诗中所描述的花瓶外表高端大气，空腹吸吮知识海洋。然而，在这光鲜亮丽的外表下，花瓶却显得游丝般的底气，缺乏飘然升起的灵气。

随着时间的推移，花瓶里的花容日渐瘦弱，不禁令人感慨。它曾经光彩照人，如今却只能以泪洗面，预示着不久后将香消玉殒。让人惋惜的花瓶尽管有中看不中用的名声，却始终背负着人们对美好生活的向往与期待。

在这美丽的画面中，花瓶仿佛成了一位倾诉者，诉说着岁月的无情与人生的无奈。而我们也应从中得到启示，珍惜眼前的美好，不忘初心，勇敢追求真正的幸福。

花　生

藏在泥土里
结识志同道合的兄弟
不是早成的群体
重见天日
成为贵宾
经常被邀请上酒席
清脆的豪爽声
感动得让人酒杯一干见底
忠心耿耿
不管严寒酷暑
永远穿着红色的外衣
无畏牺牲
就是榨干了躯体
也要变成晶莹剔透的油汁
胸怀大志
不管日月如何交替
都要生生不息

赏析

　　这首诗描述的花生，有着深厚的寓意和象征意义。花生藏在泥土里，结识志同道合的兄弟，这象征着花生具有团结友爱的精神。不是早成的群体，表明花生有自己的原则和坚守。

　　重见天日，成为贵宾，说明花生经过磨炼，终于得到了人们的认可和尊重。清脆的豪爽声，感动得让人酒杯一干见底，这描绘了花生在酒席上的独特魅力，使人陶醉。

　　忠心耿耿，不管严寒酷暑，永远穿着红色的外衣，无畏牺牲，这体现了花生忠诚和不屈的品质。就是榨干了躯体，也要变成晶莹剔透的油汁，这说明花生即使付出一切，也要散发出自己的价值。

　　胸怀大志，不管日月怎样交替，都要生生不息，这是对花生坚韧不拔、自强不息精神的赞美。

　　总体来说，这首诗以花生为载体，传达了一种坚强、忠诚、团结、进取的精神，激励人们在生活中勇往直前，永不放弃。

火

有一种火
是上天赐予的
有一种火
是钻木而生
钻木取火
找到根源
星星之火
立体地烧着
闪着耀眼的光芒
火苗带着信念
足以锻炼真金
火苗怀着信仰
映红千秋万代

赏析

　　这首诗歌在描述火的两种来源：一种是上天赐予的火，另一种是通过钻木得到的火。这两种火在诗中具有不同的象征意义。

　　上天赐予的火，象征着信仰和信念，它照亮人们的心灵，锻炼人们的意志，传承下去，千秋万代。

　　钻木取火的火，是通过努力和智慧得到的。这种火代表着人们的努力和毅力。火苗闪耀着耀眼的光芒，照亮了前行的道路，为人们指引方向。

　　在这首诗中，火苗承载着信仰和信念，在历史长河中燃烧，锻炼着人们的意志，塑造着无数英雄。火，成为人们心灵的支柱，代代相传，永不熄灭。

剪　刀

不离不弃
磕磕碰碰的夫妻永远在一起
剪断所有的不快乐
幸福的生活重新开启
一声咔嚓的剪彩声
引来滚滚财源奔流不息
剪掉坏毛病
让自己的优点更加明晰
一对心灵手巧的夫妻
剪出五彩缤纷的情趣
剪掉一切干扰
让平安的日子永不停止
剪下祖国难忘的风雨
珍藏在历史的长河里
一把坚锐且擅裁的剪刀
壮丽河山必定会日新月异

赏析

　　诗歌作品中融入了剪刀的元素，通过剪刀的象征意义表达了对生活、幸福、美好等方面的向往与祝愿。剪刀在这首诗中具有多重含义，它代表了夫妻间的陪伴与扶持，象征着重新开始、改变和进步。同时，剪刀还象征着剪除烦恼、净化心灵，以及对祖国历史的珍视。

　　在这首诗中，通过剪刀这一形象，传递了积极向上、勇往直前的人生态度，鼓励人们不断自我改进，追求美好的生活。同时，作品还表达了对祖国的热爱和对历史的传承。剪刀在这里成为一种寓意丰富的象征，丰富了诗歌的内涵。

　　通过对剪刀的描绘，诗歌展现了一幅生动的画面，使读者在欣赏诗歌的过程中，感受到了生活中的美好，以及对未来的期许。诗歌中所蕴含的深刻哲理，启发了读者思考人生、社会、历史等多个层面的问题。总之，这首诗以其独特的视角和寓意，给人以启迪和美的感受。

空心菜

不管土地肥沃或贫瘠

吸收阳光雨露

站着积极向上

不管田里干旱或者水涝

身处泥泞的道路

爬着也要积极向上

有礼有节高升

从不拐弯抹角

每一个根须

是一生成长的标记

一片片舞动的嫩叶

碧绿清纯

陪着根茎不离不弃

掏空自己的胸怀

以谦虚的态度

接纳知识的营养

成为圆形光滑的顶梁柱

别人口中的津津乐道

是自己最好的安慰

知恩的根拥抱大地

前辈辛勤付出

后辈生生不息

赏析

　　这首诗描述了空心菜的生命力顽强，无论环境如何，都能积极向上生长。它吸收阳光雨露，汲取土地的营养，即使面临干旱或水涝，依然能顽强生存。空心菜的根须如同成长的标记，不断延伸，象征着生命的不断拓展。

　　"圆形光滑的顶梁柱"，是指空心菜的茎秆，它坚实而有力，承担起支撑植物生长的重任。这也可以看作空心菜精神的象征，它以谦虚的态度，接纳知识的营养，成为他人眼中的榜样。

　　最后，"知恩的根拥抱大地，前辈辛勤付出，后辈生生不息"，表达了空心菜的生命力量源自大地的恩赐，同时也体现了前辈们的辛勤付出，为后辈的成长提供了源源不断的动力。这是一种对生命传承的赞美，象征着生命的延续和不屈的精神。

　　总体来说，这首诗以空心菜为载体，传达了积极向上、顽强拼搏的精神，以及对生命传承的敬意。

苦　瓜

绽放的青春

不是炫耀自己

灿烂的笑容

广交朋友

抛出友情的橄榄枝

自己的苦味

和芸芸众生在一起

从不传给别人

独善其身

成为别人走向成功的标本

微曲的身体

挂在生命线上

不变的红心

爱得死去活来

从不后悔

赏析

　　这首诗深刻解读了苦瓜，将苦瓜视为一个具有独特品质和人生哲学的人物。苦瓜以其独特的味道、外观和生长方式，象征着青春的绽放、友谊的珍视、坚忍的品质和无私的爱。

　　苦瓜的微曲身体和不变的红心，体现了它面对生命中的曲折和挑战时，依然保持坚定的信念和深沉的爱。它将自己的苦味独自承受，却将友谊的橄榄枝抛向他人，展现了乐于助人的精神风貌。

　　苦瓜代表着一种勤劳、朴实和谦虚的品质。它与芸芸众生在一起，却不张扬自己的光芒，独善其身，成为别人走向成功的标本。这种精神内涵深受人们喜爱，也让苦瓜成为美好品质的象征。

苦楝树

一簇簇白色的鲜花
无私地献给温暖的太阳
枝头一团团绿叶
点燃整个春天
心中浓情万丈
飘飞在天外
深夜里满腔的愁绪
无声无息地跌落在枕旁
在炎热的夏天里
枝繁叶茂的欲望疯长
在丰收的秋天里
金黄的果子挂满枝头
历经日夜相思的风雨
果子浓缩成消瘦的行囊
冬天里所有叶子落下
亲吻着深爱着土地
化作故乡的袅袅炊烟
把孤单的老屋默默坚守

赏析

　　这首诗描绘了苦楝树从春天到冬天，经历四季更迭，见证了世间变化的景象。它象征着对故乡深厚的眷恋之情，以及离别之苦。诗人将自己的心情融入苦楝树的生长历程，表达了对故乡的思念和无尽的爱。

　　春天，苦楝树开出一簇簇白色的花朵，向温暖的太阳献上无私的敬意。绿叶在枝头蓬勃生长，点燃了整个春天的生机。

　　夏天，苦楝树在深夜里满腔愁绪，无声无息地跌落在枕旁。在这炎热的季节里，枝繁叶茂的欲望也在心中疯长。

　　秋天来临，金黄的果子挂满枝头，丰收的季节洋溢着喜悦。然而，这美好的时光终究离去，果子变成消瘦的行囊，带着诗人离别的思念。

　　冬天，叶子纷纷落下，亲吻着深爱着的大地。化作缕缕炊烟，眷恋着故乡。

　　在这四季更迭中，苦楝树坚守着故乡的老屋，默默地见证着时光流逝。这首诗表达了对故乡的深深眷恋，以及离别之苦。它让我们看到了一颗充满思念的心，在岁月流转中坚守着那份真挚的情感。

榴　梿

武装周身的刺
守护在满腹财富的边沿
外表冷酷无情
善良像糯米一样柔软
长相虽然丑陋
无私地释放爱情的光线
身体散发独特的气息
让人在大街小巷里流连
清香滋润心脾
让人一步三回头留恋
钢针般的意志坚挺
腾空而起倒挂如神仙
从不称王称霸
仁心在人间

赏析

榴梿，这种独特的水果，虽然外表丑陋，却拥有柔软的内心。它身上的刺如同守护财富的战士，坚守在边沿。榴梿的气味独特，让人在大街小巷流连忘返，它的味道清香滋润，让人一步三回头。

尽管榴梿长相丑陋，它却有着钢针般的意志，坚强地生长，甚至够倒挂如神仙。它不求称王称霸，而是以仁心将美好传递给每一个人。这正是榴梿的魅力所在，让人无法抗拒。

南　瓜

心宽体胖
子孙满堂
满腹甜蜜
黄袍加身
那一根连体的小藤
如剪断的脐带
又如干瘪的奶嘴
那些甜蜜的瓜瓤
又融化成泪水

赏析

南瓜，这是一种常见的农作物，属于葫芦科。在我国，南瓜的种植历史悠久。南瓜不仅具有丰富的营养价值，而且有着深厚的文化内涵。

"心宽体胖"，这句话用来形容南瓜的形状非常恰当。南瓜的果实较大，呈球形或长圆形，外表光滑，内部含有丰富的果肉和种子。成熟的南瓜色泽鲜艳，给人一种充实、美满的感觉。

"子孙满堂"，这句话寓意着南瓜的繁殖能力。南瓜的种子数量繁多，每颗种子都能发芽生长，结出新的南瓜。因此，南瓜象征着家族繁荣、人丁兴旺。

"满腹甜蜜"，这句话描绘了南瓜的口感。南瓜的肉质甜美，烹饪后更加美味。在传统节日里，南瓜是一种常见的食品，寓意着生活的甜美和幸福。

　　"黄袍加身"指的是南瓜的外皮。成熟的南瓜外表金黄，给人一种尊贵的感觉。同时，黄色在中国传统文化中具有吉祥、喜庆的寓意。

　　"那一根连体的小藤，如剪断的脐带，又如干瘪的奶嘴"，这句话形象地描述了南瓜的生长过程。南瓜是从藤本植物上生长出来的，藤条就像母亲的双手，呵护着南瓜的成长。同时，这句话还表达了母爱的伟大和生命的延续。"那些甜蜜的瓜瓤，又融化成泪水"，这句话寓意着自己成功了，但母亲不在了，所有的幸福和甜蜜，都化为思念母亲的泪水。

　　这首诗通过南瓜这一形象，传达了对生活的热爱、对家庭的向往及对母爱的敬仰。同时，南瓜也成了传统文化中象征吉祥、美满的象征。

苹　果

吸收天地的灵气
吉祥的光芒照耀大地
身体粗壮结实
肩扛平安与幸福
头上一根细小的探测器
可以探测财富的秘密
是牛顿知识渊博的导师
教会万有引力的知识
心中深藏爱的种子
天荒地老也不会分离
就算粉身碎骨
也要勇敢地伸张正义

赏析

　　苹果，这个富有神秘色彩的水果，自古以来就被赋予了多种象征意义。在古代，人们认为它是吉祥的象征，代表着平安、幸福和智慧。牛顿先生在苹果树下悟出了万有引力定律，为人类的科学探索打开了新的大门。

　　它那粗壮结实的身体象征着坚韧不拔的精神；头上那根细小的探测器，则代表着对未知世界的探索与渴望。苹果"心中深藏爱的种子"，象征着人们对美好生活的向往。无论世事如何变迁，这些种子都会坚定不移地坚守着爱的信念，天荒地老也不会分离。即使面临粉身碎骨的危险，也要勇敢地伸张正义，为人类的发展贡献自己的力量。

太阳能路灯

太阳能路灯很瘦

却把腰杆挺直

甘于寂寞

与翻飞的蚊虫为伍

把风声当成优美的旋律

不管月亮怎样偷换季节

从不怕天雷的怒吼

黝黑的后背献给蓝天

辛勤地吸收太阳的营养

转换成照亮黑夜的思想

晚上释放爱的光彩

给了行路者胆量

不害怕道路的坑洼

白天喜看风把炊烟摇来摇去

太阳能路灯老了

默默地站在家门口

如同母亲过去的背影

把老家孤独的门前照亮

一缕缕的光亮

是我婆娑的泪花

赏析

　　这是一首描绘太阳能路灯的诗，通过具象的描绘和寓言的手法，将太阳能路灯的形象树立得生动而深刻。

　　太阳能路灯瘦弱的身体，挺直的腰杆，象征着坚忍和不屈不挠的精神。它甘于寂寞，与蚊虫为伍，把风声当成优美的旋律，显示出其无私奉献的精神风貌。无论季节如何更迭，环境如何恶劣，它都坚守岗位，照亮行人，展现出无畏和勇敢的品质。

　　"太阳能路灯老了，默默地站在家门口"，赋予了路灯人性化的特征，使其成为家乡的守护者，就像母亲的背影，让人倍感亲切和温暖。路灯"把老家孤独的门前照亮"，这里的"照亮"不仅是物理上的照亮，更是心灵上的照亮，它给了行路人勇气和信心，让他们不再害怕道路的坑洼。

　　这首诗以太阳能路灯为主题，通过丰富的意象和细腻的描绘，表达了对太阳能路灯这种无私奉献、坚守岗位精神的赞美，同时也传达了对家乡的深深眷恋和思念之情。

蜗 牛

伸出两对敏感的触角
探访精彩的前方
凡尘中与世无争
不和星星抢月亮
万颗无形的牙齿
从不畏惧铁和钢
动作看似缓慢
走得坦坦荡荡
打扫空荡荡的锅
装上沉甸甸的希望
从不害怕严寒酷暑
展示生命旺盛的力量
风雨无阻
每天追赶太阳

蜗牛，这个小小的自然界精灵，以其独特的生活方式和坚韧不拔的精神，给我们带来了许多启示。它们用自己的方式，诠释着生活中的美好和坚持。

蜗牛的触角，如同它们探索世界的雷达，感知着前方的未知与精彩。它们在凡尘中保持着与世无争的态度，不与星星争夺月亮的光辉，低调而谦逊。

蜗牛的牙齿，虽然无形，却有着强大的力量。它们敢于面对生活中的困难，无论铁一般的坚硬，还是钢一般的顽固，都能坦然面对。虽然动作缓慢，但蜗牛却能以此方式，走得坦坦荡荡。

蜗牛的生活态度更是值得人们学习。它们打扫空荡荡的锅，装上沉甸甸的希望，无论严寒酷暑，都能坚持不懈。它们展示出了生命旺盛的力量，风雨无阻地追赶太阳。

蜗牛用自己的方式告诉人们：生活的美好，在于不断追求；生命的价值，在于顽强拼搏。只要勇敢地面对生活的挑战，定能走出属于自己的精彩人生。

西 瓜

你拍我的肚皮
想知道我是否成熟
我用本心担保
如果不成熟
我愿意肝脑涂地
如果没有后代
我遗憾地离去
如果有后代
我希望重新生长
有充足的水分
传承根基

赏析

西瓜，作为一种水果，具有独特的寓意和象征。红色的内心代表着热情、活力和生命的力量。"传承根基"，可以理解为对生活热情、积极向上的态度及家族精神的传承。

在现实生活中，人们愿意真诚地展示自己的内心，表达真挚的情感。"肝脑涂地"是一种夸张的表达方式，表示为了某种目的或情感，不惜付出生命的代价。

最后，"有充足的水分"，这可以理解为在生活中拥有足够的资源和条件，以便更好地发展和传承家族的精神。

只要保持积极向上的态度，传承根基，家族就能不断发展壮大。在生活中，要关心彼此，给予足够的关爱与支持。同时，也要关注下一代的成长，让他们在充足的条件下继续传承家族的精神。

新华字典

像长方形的小盒子
装着浩瀚大海
激活起来
既能波涛汹涌
又能风平浪静
像黄金屋
装着无数金银财宝
对勤奋好学的人
要多少有多少
对于懒惰的人
取不到一丝一毫
像传道授业解惑的导师
把一切都解释得清清楚楚
拿起来感觉很轻
其实是中华民族厚重的瑰宝

赏析

新华字典，就如诗所说，是一个装满浩瀚知识的宝库。它以简洁明了的方式，阐述了中华民族丰富的文化底蕴。对于勤奋好学的人，它如同黄金屋，里面藏着取之不尽的财富；而对于懒惰的人，即使它摆在他们面前，他们也无法获得其中的一丝一毫。

这本字典就像一位传道授业解惑的导师，它用通俗易懂的方式，为学子解答疑惑，传授知识。拿在手中，虽感觉轻巧，但它却承载着中华民族深厚的文化底蕴。

新华字典不仅是一部工具书，更是一部承载着中华民族智慧的经典之作。它既是波涛汹涌的知识海洋，也是风平浪静的知识港湾，为广大学子提供了无尽的启迪和指引。

洋　葱

穿一件红色的外衣
心中充满征服世界的勇气
厚重的身体接触一次
就会留下永恒的记忆
随遇而安坐在那里
有稳如泰山的气势
没有丝毫的心计
随时打开洁白的心底
层层铠甲团结一致
保守心中的秘密
清廉得一无所有的气质
让人感动得痛哭流涕

赏析

　　洋葱，这种常见的食材，在诗的描绘下显得如此生动形象。它的红色外衣象征着勇敢和决心，而层层铠甲则代表着它坚韧不拔的精神。接触洋葱的人都会感受到它的强烈个性，这种特质深入人心。

　　洋葱安坐在厨房一角，沉稳如泰山，毫不矫情。它的心地纯洁无瑕，随时准备为烹饪增添美味。虽然洋葱并无心计，但它的团结一致、无私奉献的精神令人敬佩。

　　当我们揭开洋葱的层层铠甲，会发现它内心深处蕴藏着无尽的勇气和力量。这正是洋葱那种清廉得一无所有的气质，让人感动得痛哭流涕。在这个世界上，洋葱仿佛成为一种象征，鼓舞着人们去追求勇敢、坚强和无私奉献的精神。

饮水机

粗壮的身体倒立
保守口中的秘密
一旦打开心口
感情就会宣泄
热情高涨的态度
让人感到温暖
一颗常态的心
让人感到平静
满腹经纶
让如饥似渴者
以空杯的心态迎接
喝得酣畅淋漓

赏析

　　饮水机，这个庞然大物，仿佛一位沉默的巨人，坚守着自己的职责。它有着粗壮的身体，稳健地站立着，时刻准备为需要的人提供帮助。

　　饮水机守口如瓶，只有在人们打开它的"心口"时，它才会毫不保留地释放出内心的感情，将温暖与关爱传递给每一个用它的人。

　　当人们需要时，饮水机总是热情高涨地提供服务，用它满腹经纶的知识，满足如饥似渴的需求。它以空杯的心态迎接每一个前来饮用的人，让他们喝得酣畅淋漓，感受到满满的关爱。

　　在日常生活中，饮水机就像一位默默无闻的英雄，用自己的方式守护着人们的健康。它始终保持一颗常态的心，无论何时何地，都能让人感受到它的温暖和平静。

指南针

家庭是一个罗盘
欢声笑语是一个大磁场
父亲是修长的指南针
牢牢地守在南极
母亲在冰冷的北极
操纵着指南针的后方
帮助父亲调整方向

指南针很精准
我顺着指引的方向
带着饥肠辘辘
猫着腰爬出触着太阳的山岗
到外面精彩的世界闯荡
靠着指南针的魅力
我的收获装满行囊
久而久之
我成为儿子的指南针

赏析

　　这首诗描述了一个家庭如同一个罗盘，家庭成员各自扮演着重要的角色。父亲是修长的指南针，坚守在南极，象征着坚定和稳重；母亲则在北极，操纵着指南针的后方，代表着支持与关爱。他们共同为子女的成长指引方向，帮助他们调整人生的航向。

　　在父母的指引下，孩子沿着正确的道路，带着满怀激情和好奇心，勇敢地迈向外面的世界。在旅程中，孩子收获了满满的成果，这些收获装满了行囊。随着时间的推移，孩子也逐渐成长为他人的指南针，用自己的经验和智慧去指引新一代的成长。

　　这首诗表达了对家庭的感激之情，同时也传递了成长、传承和责任的重要性。在我们不断前行的道路上，家庭永远是坚实后盾，为我们提供方向和力量。而作为子女，也要学会感恩，将家庭的温暖和智慧传承下去，为未来的世代照亮前行的道路。

一枚补丁

一枚补丁缝在山的外衣上

像天上掉下的一滴眼泪

日晒雨淋

补丁忍着孤独

默默地守望着我

每年的清明节

我风尘仆仆赶回老家

用泪水无数次地擦拭

这是母亲的生命做成的补丁

补丁的影子烙在我心中

岁月的风刀

怎么也刮不掉

无言的大山

每天端坐在那里

解读补丁的故事

赏析

　　这首诗描述了一枚补丁缝在山的外衣上，象征着母亲的生命和无尽的思念。诗中通过描绘补丁忍受日晒雨淋，孤独地守护着自己，表达了对母亲的感激和怀念之情。

　　在清明节这个特殊的时刻，风尘仆仆地赶回老家，用泪水无数次地擦拭补丁，寓意着对母亲深深的思念和对过往时光的怀念。补丁的影子烙在心中，象征着母亲的影响力和在生命中的重要地位。

　　岁月的风刀无法刮掉补丁的影子，象征着母亲的爱和回忆在心中永恒不变。无言的大山每天端坐在那里，解读补丁的故事，意味着母亲的事迹和爱将永远流传下去，激励着后人。

　　这首诗表达了对母亲深深的怀念、感激和敬仰之情，同时传递了母爱的伟大和永恒。

第六辑

音乐诗韵

吹笛子

笛子在面前平躺
修长的身材一览无余
几个出气的鼻孔排列整齐
声音吹得响
不只是动一动嘴皮
长短不一的手指
找到合适自己的位置
拇指和食指把握大局
六个手指游刃有余
掌控声音的高低
心中呼出沉稳的气息
口风要探得很精细
口劲松紧随心意
吹出云卷云舒的旋律

赏析

　　笛子，又称竹笛，是我国传统乐器。它历史悠久，源远流长。在我国古代，笛子就已经被广泛应用于宫廷、民间以及宗教仪式等领域。

　　演奏笛子需要掌握一定的技巧，如诗所说，吹奏时长短不一的手指要在笛子上找到合适的位置。拇指和食指把握大局，负责稳定笛身，其余六个手指则游刃有余地控制声音的高低。演奏者还需呼出沉稳的气息，口风要探得很精细，口劲松紧随心意，才能吹出云卷云舒的优美旋律。

吹口琴

一块块沉睡的琴格
像家乡一块块的农田
我一鼓作气
吹开一排紧闭的门帘
那起伏的音阶
让朵朵白云翻跹
高亢的音乐声
回到快乐的童年
低沉的音乐声
碧绿的柳树睡得酣甜
温暖的春风
吹得江河碧水潺潺
一路奔波的音符
渴望找到旅途的终点
那一扇扇热情的乡门
发出一声声召唤
我深吸一口气
吹动家乡老屋那金色的簧片

赏析

　　这首诗生动感人，以吹口琴为主题，描绘出一幅美丽的家乡画卷。诗人运用丰富的比喻和想象力，将琴格比作沉睡的农田，紧闭的门帘以及起伏的音阶化作翩翩起舞的白云。同时，高亢的音乐声让人回想起快乐的童年，低沉的音乐声描绘出碧绿柳树的美好景象。

　　这首诗表达了对家乡的深深眷恋和对美好生活的向往。温暖的春风，碧水潺潺的江河，以及那一扇扇热情的乡门，都唤起了诗人对家乡的思念之情。最后，诗人深吸一口气，吹动家乡老屋那金色的簧片，将这份情感推向高潮。

　　这首诗充满了浓厚的乡愁气息，展现了诗人对家乡的真挚情感。通过独特的艺术表现，让我们仿佛置身于那美好的家乡景象之中，感受着那份宁静与美好。

弹吉他

选择适合自己的姿势
一举一动自如潇洒
手指轻轻一划
心中升起缤纷的彩霞
深谙六根弦的作用
施展五指娴熟的技法
看清品格的各个档次
提升自己人品的信用卡
依靠自己能屈能伸的手臂
发自内心的声音不会嘈杂
垫好举足轻重的共鸣箱
让和谐的声音远遐
找准弹奏的正确方向
生活道路开满幸福的鲜花
珍惜分分秒秒的光阴
弹好人生不凡的吉他

赏析

在生活中，应该像弹奏吉他一样，掌握好自己的节奏和技巧，使之成为一种艺术。在喧嚣的世界里，要找到适合自己的生活方式和态度，让自己的每一个举动都充满自信和魅力。如同吉他演奏者，要深入了解各种道德品质，不断提升自己的人品，发出内心深处的声音，让共鸣箱产生和谐的回响，传递美好的情感。

在人生的道路上，要找准方向，珍惜每一刻，让生活充满幸福的花朵。弹奏人生的吉他，意味着要在平凡中创造非凡，让每一个音符都闪耀着光芒。只有这样，才能真正领悟到人生的真谛，让生活变得更有意义。

为了实现这一目标，需要不断学习、成长和修身养性，使自己在道德、智慧和才华方面都更加完善。这样，才能在人生的舞台上大放异彩，为自己的生活谱写一曲美妙的乐章。在我国历史文化的熏陶下，我们可以汲取先人的智慧，结合现实，找到属于自己的生活之道，弹好人生的吉他。

反弹琵琶

甲片抱紧指尖

功力如金戈铁马

琵琶依偎胸前

天地灵气从丹田贯通头发

臂力轻轻带动

春天的桃树纷纷探出嫩芽

手腕频频拉动

夏天绿柳燃烧成生命的火把

左手指不断按揉滑颤

秋天的果实谱写金色年华

弦声急骤

冬天刮起十面埋伏的风沙

指尖上下跳动

无尽的思绪飘到海角天涯

在阴晴圆缺中

学会反弹琵琶

倾听潮起潮落

人生的天空布满彩霞

赏析

　　这首诗描绘了一位弹奏琵琶的高手，通过琵琶演奏，展现了四季美景和人生的起伏。在诗句运用丰富的想象力，将琵琶演奏与战争、自然景象以及人生感悟相互结合，呈现出一幅壮丽多姿的画面。

　　在诗中，用一年四季的变化，诠释琵琶金木水火土的元素。天地人合一，气从丹田贯通头发。春天，桃树纷纷探出嫩芽，象征着生机勃勃的开始；夏天，绿柳燃烧成生命的火把，代表着激情与活力；秋天，果实谱写金色年华，意味着丰收与美好；冬天，十面埋伏的风沙狂舞，展现了严峻的挑战。在阴晴圆缺中，学会反弹琵琶，倾听潮起潮落，人生的天空布满彩霞。

　　这首诗表达了对生活的热爱，以及对音乐艺术的执着追求。通过反弹琵琶，演奏出美丽的旋律，传递着对生活的美好向往和无尽的思绪。同时，诗中还蕴含着一种坚韧不拔的精神，正如弹奏琵琶所需的指力和技巧，需要经过长时间的锻炼和磨砺。

　　总之，这首诗通过反弹琵琶这一主题，展现了音乐的魅力，以及对生活的热爱和追求。在优美的诗句中，流淌着丰富的情感和人生感悟，令人陶醉。

打架子鼓

母亲是架子鼓手
她用两个笔直的棒槌
不断敲打我们
哥哥是脚鼓
发出低沉的声音
我是军鼓
发出响亮的声音
弟弟是桶鼓
发出清脆的声音
当和谐的声音响起
就会敲打快乐的吊镲
偶尔敲敲边鼓
也会余音袅袅
母亲远游了
我再也找不回
家庭的架子还在
两个无形的棒槌
敲在灵魂的心鼓上

赏析

　　这是一首关于家庭成员特点和关系的诗歌。诗中将家庭成员与乐器相比，生动地描绘了他们各自的特征和互动。

　　母亲是架子鼓手，象征着家庭的支柱，她用两个棒槌不断敲打孩子们，代表着她在教育引导孩子们成长。哥哥是脚鼓，发出低沉的声音，表示他稳重、成熟的性格。"我"是军鼓，发出响亮的声音，这可能意味着他具有较强的表达能力和个性。弟弟是桶鼓，清脆的声音，可能代表他活泼、开朗的性格。

　　每当声音和谐时，母亲会敲打生活的吊镲，这象征着家庭生活中的欢乐。同时，诗中提到"偶尔敲敲边鼓"，意味着她的提醒和鼓励。"余音袅袅"则表达了自己铭记母亲的提醒和教诲。

　　母亲离世后，家庭的架子依然在，两个无形的棒槌时刻敲在孩子们心中。这说明了家庭的影响和传统在孩子们心中永远存在，他们将继续秉持母亲的教诲，传承家庭的价值观。

　　整首诗歌通过对比家庭成员与乐器，展现了家庭中各成员的特点和相互关系，传达了家庭传统和亲情的重要性。

拉二胡

为着生活奔波的弓杆

牵挂着两条弦

拉着一条充满希望的马尾

在岁月的路上来回奔波

每一个脚步都粘着音符

颤抖的声音

如松涛述说悲欢离合的故事

渴望倚靠的声音

传递在温暖的琴弦上

心连着心的声音

如二泉映月的倾诉

偶尔打滑的声音

在琴筒里轰鸣

所有的声音

都组成优美的旋律

当父母一样的琴弦坏了

弓杆拉出呜呜的哭声

拉出满眼的泪水

赏析

　　二胡，这件古老的乐器，承载着我国悠久的历史和文化。它伴随着无数人度过欢乐和悲伤的时光，成为不少人生活中不可或缺的一部分。在这悠扬的琴声中，蕴含着丰富的情感和故事。

　　一位技艺高超的二胡演奏者，用弓杆拉动琴弦，奏出如诗如画的旋律。这些音符跨越岁月的长河，见证了无数人的生活变迁。在演奏过程中，弓杆与琴弦的互动，仿佛是在诉说一幕幕悲欢离合的故事。

　　二胡的声音，宛如松涛般雄壮，又如涓涓细流般柔美。它在温暖的家庭聚会中传递着亲情的牵挂，在寂静的夜晚唤起人们对故乡的思念。二胡的旋律，如二泉映月般悠扬，让人们在喧嚣的世界中找到心灵的慰藉。

　　然而，在漫长的岁月里，弓杆与琴弦不可避免地经历着磨损。当琴弦如同父母般渐渐老去，断裂的时刻悄然来临。这时，弓杆拉出的音符充满了呜呜的哭声，仿佛在诉说着无尽的哀伤。泪水顺着琴弦流淌，凝结成一段段难忘的记忆。

马头琴

魔性的声音
草原激动的胸腔此起彼伏
小草细软的腰肢摇来摇去
朵朵小花好奇的耳朵竖直
披肩的柳条瞬间梳好
小溪在山涧快乐奔跑
无边无际的草原被染绿
声音悦耳上九霄
滚滚绿浪接天连地
千军万马驰骋疆场
独特的颤音
把高山轻轻地吸过来
把白云轻轻地挥过去
高昂的马头琴
是白马不屈的灵魂
日行千里的声音
在共鸣箱里久久回荡

赏析

　　马头琴，一种传统弦乐器，以其独特的音色和演奏方式闻名于世。它犹如草原上的雄鹰，翱翔在广袤的大地上，承载着蒙古族人民对生活的热爱和对自然的敬畏。

　　当提到"魔性的声音"时，联想到了马头琴那动人旋律中所蕴含的强烈情感。它仿佛能让草原激动的胸膛此起彼伏，让小草细软的腰肢摇来摇去，让朵朵小花好奇的耳朵竖直，让披肩的柳条瞬间梳好，让小溪在山涧快乐奔跑。

　　马头琴的音乐有着无边无际的草原般宽广的胸怀，它将绿色铺满大地，让滚滚绿浪接天连地。在这悠扬的琴声中，仿佛能看到千军万马在驰骋。

　　这种独特的颤音，像是把高山轻轻地吸过来，把白云轻轻地挥过去。它代表着白马不屈的灵魂。马头琴的音色日行千里，在共鸣箱里久久回荡，激发着人们无尽的热情与力量。

　　总之，马头琴的音乐具有强烈的感染力，它能唤起人们对大自然和美好生活的向往，是文化瑰宝。

吹唢呐

唢呐的身材很细
内心却强大得像藏獒
唢呐的记性很好
从不会把节日忘掉
唢呐的嘴巴很小
却把大海吹起波涛
唢呐的碗很大
盛满滑水秋歌的音调
唢呐是忠诚的卫士
多个心眼把音符控好
唢呐是个大孝子
把悲离情吹上九天云霄
唢呐是个热心的红娘
为有情人吹起爱的风暴
我是一个流浪的唢呐
半夜里思母的声音吹得很高

赏析

　　唢呐，这种富有特色的民间乐器，在我国历史悠久的传统文化中占据着重要地位。它的身材细长，却拥有强大的内心，如同藏獒一般忠诚勇敢。唢呐的记忆力非凡，它永远不会忘记任何一个节日，用音符为人们庆祝喜悦。

　　虽然唢呐的嘴巴小巧，但它却能吹出波澜壮阔的旋律，如同大海般激情澎湃。唢呐的碗状吹口，盛满了悠扬的滑音和秋日之歌。它是一位忠诚的卫士，用心调控每一个音符，确保音乐的和谐与美妙。

　　唢呐也是一个大孝子，它用悲壮的旋律，将离愁别绪吹上九天云霄。在民间，唢呐更是热心的红娘，为有情人吹起爱情的风暴，见证他们美好的姻缘。而"我"，作为一个流浪的唢呐，总是在半夜里吹响思念母亲的声音，把那份深深的眷恋传递给每一个倾听者。

　　唢呐的声音，承载着丰富的故事和情感，是我国民间音乐中不可或缺的一部分。

听空灵鼓

地球是个空灵鼓

结构为金木水火土

月亮是鼓槌

阳光是优美的曲谱

悠扬的鼓声穿越时光

惊醒的白云翩翩起舞

银河缓缓流动

星星静静地闭目

心随声动

雨点变成淅淅沥沥的音符

音传心想

飘飞的雪花洒满情愫

雷声是高潮

天空有深不可测的领悟

意达之境

空灵声声醉万物

赏析

　　这首诗描绘了一个独特的视角，将地球和自然现象比作一个空灵的鼓，月亮和阳光分别成为鼓槌和优美的曲谱。在这样的意象中，悠扬的鼓声穿越时光，唤醒了白云、星星，甚至雨点和雪花。雷声则被视为高潮，代表着天空深不可测的领悟。

　　整个画面展现了一种和谐、优美的自然景象。空灵的鼓声更是醉人心神，使得万物都为之倾倒。这诗意地表达了人类与自然相互依存、相互感知的美妙关系。在我国传统文化中，这种观念一直占据重要地位，强调人与自然的和谐共处，感悟大自然的神奇与美好。

　　在这个充满诗意的场景中，我们可以感受到大自然的魅力，也能体会到诗人对美好生活的向往。这种意境也启发我们要更加珍惜大自然，保护环境，与万物共同生长。

听一曲高山流水

静静地躺在床上
播放高山流水的曲子
当古筝跳动的音符奏响
把自己与音符融为一体
优美的旋律
仿佛登上远古的阶梯
和谐的音阶此起彼伏
如潺潺流水充满诗意
优美的节奏
如高山均匀的呼吸
独特的音色
呼唤千年难得的知己
干净而空灵的声音
所有的心态不用调试
两耳不闻窗外事
独享流水温柔的气息
不想品尝人间百味
用舌头舔一下就醉的小溪
心静如水
忘掉以往发黄的情绪
妙曼的音乐滋养灵魂
那是六根清净的洗礼
自己变成一朵莲花
在高山流水间绽放美丽

赏析

欣赏完这首高山流水的曲子，仿佛置身于美丽的山水之间，心灵得到了极大的慰藉。古筝的音符在空中飘荡，如同清澈的溪水流淌过心头，带走了疲惫与忧虑。

这首曲子犹如一幅画卷，展现了我国自然风光的壮美和传统文化的韵味。在高山流水之间，洗净心灵尘埃，感受世间美好。仿佛能看到千年难得的知己，与自己一同欣赏这美妙的旋律，品味这清澈的小溪。

在曲子的陪伴下，仿佛登上了远古的阶梯，回到了那个简约、纯净的时代。在干净而空灵的声音中，心灵得到了升华，忘却了过往的烦恼与纷扰。

随着音乐的律动，内心的情感也被唤起，如同高山均匀的呼吸，充满了力量与生机。和谐的音阶此起彼伏，如潺潺流水般诗意盎然。

在这美妙的高山流水之境，心灵得到了滋养，宛如一朵绽放的莲花，洗净了世间尘埃。沉浸在清澈的音符之中，静心感受宁静与美好。

唱一首心中的歌

我理解歌词的内涵
像阳光在心中灿烂
我不太懂谱
但我懂唱的套路
我不太懂曲
但我会跟着旋律
我唱不了高调
怕真气会漏掉
我唱得低调
显得微不足道
我掌握好节奏
不会手舞足蹈
唱歌的环境很重要
到什么山唱什么歌
唱一首心中的歌
排除所有的烦恼
让快乐的心情
感受岁月静好

赏析

　　这首歌曲表达了一种积极向上的人生态度，歌词中提到"唱一首心中的歌"，意味着要表达自己内心的情感和信念。唱歌不仅能陶冶情操，还能让人忘记烦恼，享受生活的美好。

　　诗中提到"我理解歌词的内涵，像阳光在心中灿烂"，表达了一种积极向上的情感，将阳光比喻为心中的灿烂，意味着希望、热情和正能量。

　　诗中提到"我不太懂谱，但我懂唱的套路"，说明即使不太懂音乐，也可以通过自己的方式去感受和表达音乐的美。

　　"我不太懂曲，但我会跟着旋律"，表现了跟随内心节奏的重要性。"我唱不了高调，怕真气会漏掉"，意味着要真实地面对自己，不必刻意追求高音，做自己就好。"我唱得低调，显得微不足道"，低调为人，谦逊有礼，也是一种美好的人生态度。

　　此外，"到什么山唱什么歌"，意味着要根据环境调整自己的态度，顺应时势。这样的智慧在人际交往、职场等方面都非常重要。

　　唱歌的环境很重要，因为它能影响到歌曲的表达和感受。在一个宁静的环境中唱歌，可以让心情更加愉悦，感受到岁月的静好；而在欢快的场合唱歌，也能让人更加欢乐。

　　总之，这首歌曲传达了人要懂得调整自己，珍惜当下，用心感受生活美好的一面。在忙碌的生活中，可以通过唱歌这种方式，让自己的心情得到放松和愉悦。

一杯诗酒醉心底

一粒米都是一个字
一碗米就是一堆词语
加入情感丰富的水
在高压锅里深度交流
结下难分难舍的情谊
在思想深邃的蒸锅里
蒸馏精华的点点滴滴
一条条汩汩流出的情感
组成一行行甜蜜的诗句
倒进一个优雅的杯子里
这些纯酿的诗句
不需要酒精的参与
我用丰富的感情解读
不需要关注标题
用敏感的舌尖品出诗的灵魂
心旷神怡的香气
从口中陶醉到心底

赏析

　　这首诗充满了浪漫与情感，将烹饪与诗歌相结合，展现了独特的艺术视角。在这首诗中，将高压锅、蒸锅等烹饪器具视为情感交流的场所，寓意着在生活的点点滴滴中，从诗句中可以体会到丰富的情感。

　　诗中的"一条条汩汩流出的情感，组成一行行甜蜜的诗句"，表达了情感与诗歌创作的紧密联系。而"不需要酒精的参与，我用丰富的感情解读"则彰显了对纯粹情感的珍视与追求。

　　最后，以"心旷神怡的香气，从口中陶醉到心底"总结了这首诗的意境，让人仿佛置身于一场美味的宴席，品味着生活中的美好时光。这不仅是一首关于诗酒的诗，更是一首关于生活的诗。

床是一本新华字典

床是一本新华字典

我惬意地躺在上面

用好奇的身体阅读

每一次轻轻地翻身

就是阅读一页的词语

一个个被压醒的文字

紧紧地贴住我的肌肤

产生的电流触及我的心底

我用心灵的巧手

把有温度的词语摘下

排列成长短不一的诗句

我扯一扯柔软的被子

帮我推敲鲜活的词语

横着的枕头在沉思

帮我升华诗的主题

床头拟好诗的标题

交给愉快的周末

作为一场饕餮的盛宴

　　这首诗描绘了一幅生动的画面，将阅读新华字典的过程比喻为躺在床上，通过身体的感受去体验每一个字的温度和生命力。在这个过程中，可以用细腻的心思去感悟、提炼和创作。这个场景充满了诗意和浪漫，展现了对文学的热爱和独特的创作视角。

　　在这首诗中，有意识地将床与新华字典相结合，通过富有想象力的比喻和象征，将文字的韵律和魅力展现得淋漓尽致。诗以独特的表达方式传递了对知识的渴望和对文学的热爱，使这首诗成为一幅生动的画面，令人陶醉。

　　在愉快的周末，将这首诗作为一场饕餮的盛宴，与读者共享这份精神食粮。这首诗不仅表达了对文字的热爱，也传递了一种积极向上的人生态度，激励人们在知识的海洋中探寻，用诗歌装点生活，让心灵得到滋养。

想为你写首诗

想为你写首诗
珍藏在人生的心底
我张开情感的大网
打捞你的点点滴滴
你干练的步伐
组成平仄的词语
你温柔的目光
流淌成婉约的小溪
你腼腆的笑容
架起意象的阶梯
每一根飘动的头发
都充满诗情画意
一对会说话的耳朵
悄悄告诉我押韵的天机
两行清秀的眉毛
早已成为对仗的绝句
你独一无二的贤惠
成为我一生的标题
总想每天欣赏
陶醉在自己的世界里

赏析

　　这首诗宛如一幅画卷，生动地描绘了心中恋人的形象，充满了爱意和浪漫。诗句用细腻的笔触捕捉了对方的步态、眼神、笑容，甚至头发和耳朵，将这一切融入诗行，展现出一幅生动的情感画卷。

　　诗中表达了对恋人的深深喜爱，以及对恋人的美好品质的赞美。诗中将恋人的特质化作诗歌的元素，充满韵味和情感。同时，也表达了自己沉浸在恋爱中的喜悦，以及对未来美好生活的期许。

　　这首诗是对爱情的美好诠释，通过独特的艺术手法，将恋人的形象刻画得栩栩如生，令人陶醉。不仅展示了丰富的情感世界，也表达了对爱情的珍视和执着。

第七辑

数字之花

家是一个积

小时候
家是一个积
为着我这个数字
父母被分解到一块块田里
那横躺的等号
是生活的油盐柴米

青年时
我被分解到几个城市里
那一个个脚印踏出的数字
是生活的加减乘除
一个个弓背的括号
是父母给我保鲜的外衣
我在城市扎根
又变成第二个积
和第一个积有了距离
身上有根号二的标记

中年时
我这个积
再次被儿女分解
身上有根号三的标记
随着年纪的增长
那家的因式分解

让我泪眼迷离
我真想不断求积
回到最初的那个积

赏析

　　这首诗表达了对家的思念和生活的变迁。在家的时候，我们可能无法完全理解家的意义，直到离开，才会感受到家对我们的影响。家是一个温暖的避风港，是让我们无论走到哪里都怀念的根源。

　　我们离开家，踏上自己的道路，就像诗中提到的，小时候的家是一个积，为我们这个数字，父母被分解到一块块田里。这里的"田地"象征着生活的压力和责任。青年时，我们开始自己的加减乘除，脚印踏遍各个城市，而父母依然守护着我们，用他们的爱给我们保鲜。

　　随着在外闯荡，我们逐渐在城市扎根，成为第二个积，与第一个积有了距离。这个距离不仅体现在地理上，也体现在心理上。我们开始拥有根号二的标记，代表着我们的成长和变化。中年时，我们成了父母的角色，再次经历生活的起伏，身上有根号三的标记。这时，我们对家的思念愈发强烈，那家的因式分解让我们泪眼迷离。

　　这首诗表达了对家的眷恋，也反映了生活的变迁和角色的转变。随着年龄的增长，愈发明白家的珍贵，希望能够不断求积，回到最初的那个家。这是一个充满感情和回忆的旅程，让我们珍惜每一个阶段的家，感恩父母的爱。

小时候写数字

小时候在农村上学
数字 1 写得很直
像怕饿而抓紧的筷子
数字 2 写得歪歪扭扭
像鸭子没喂饱的样子
数字 3 写得很直
像被爸爸扯直的耳朵
数字 4 字写得很瘦
家里没有像它的楼梯
数字 5 写得很规范
像家里卖猪时的秤钩
数字 6 写得很直
像家门前挂着的柚子
数字 7 写得很沉重
像放学回家扛起的锄头
数字 8 倒着写
像母亲做的麻花糖
数字 9 写得很顺
像爸爸背我的后背
数字 0 一气呵成
家里没有外债

赏析

　　这首诗中的数字对我而言，不仅是抽象的符号，也是充满了生活气息的图像，它们见证了我国农村生活的点滴，也记录了我成长的足迹。

　　数字1，像怕饿而抓紧的筷子，那时的我们，比较饥饿，总想吃东西；数字2，像鸭子没喂饱的样子，走路歪歪扭扭；数字3，像被爸爸扯直的耳朵，那时的我们，总是听从父母的教诲，努力成长；数字4，家里没有像它的楼梯，那时的我们，总是怀揣着梦想，向往着更广阔的天地；数字5，像家里卖猪时的秤钩，那时的我们，总是盼望着家里的丰收，希望日子越来越好；数字6，像家门前挂着的柚子，那时的我们，总是期待着节日的到来，享受着那份欢乐；数字7，像放学回家扛起的锄头，那时的我们，总是辛勤劳作，为了美好的未来；数字8，像母亲做的麻花糖，那时的我们，总是沉浸在甜蜜的亲情中，感受着家的温暖；数字9，像爸爸背我的后背，那时的我们，总是依赖着父母的呵护，快乐成长；数字0，那时的我们，家里虽然穷，但没有外债。

　　这些数字，是我童年时光的缩影，它们承载着孩提时的美好回忆。如今，岁月已经远去，但这些数字依然清晰可见，仿佛它们在诉说那段难忘的历史，让我珍惜这些美好的回忆，继续前行，为了更美好的明天。

一和二和谐统一

一和二关系闹僵

站在一起势不两立

一和二有先后顺序

先数一后数二

一和二情投意合

结合成一个幸福的整体

一和二爱卫生

打扫得一干二净

一和二分家

算得一清二楚

一和二打猎

得到一石二鸟的效果

一和二开会

要说一不二的结果

一和二干事业

发扬一不做二不休的精神

二和一感情破裂

减去一都是单身狗

除以一得出孤单的自己

一山不容二虎

除非一公和一母

一和二懂规矩

才能和谐统一

赏析

从诗的描述中，可以看出一和二的关系是多元且复杂的。它们既有对立的一面，也有相互融合的一面。在不同的情境下，一和二的关系表现出不同的特点。

在顺序、卫生、分家、打猎、开会、干事业等方面，一和二呈现出了先后、对立、互补、和谐等特点；而在情意相投、感情破裂、规矩等方面，一和二则表现出了相互影响、制约、统一的一面。

正如"一山不容二虎，除非一公和一母"这句俗语所体现的，一和二在某些情况下可以和谐共处，但在某些方面又存在明显的对立。因此，在处理一和二的关系时，需要根据实际情况，采取适当的方式和方法，使两者达到和谐统一的状态。

同时，还要遵循一定的规矩，才能更好地维护和处理好这种关系。在一和二的交融、对立、互补等过程中，要学会理解和包容，以求达到整体的和谐与稳定。

总之，在处理一和二的关系时，要根据不同的情境，灵活运用各种方法，使两者达到最佳的结合状态。在一和二的互动中，要遵循规矩，保持理解和包容，以实现和谐统一的目标。

一和三的感情真挚

一个好汉三个帮

一先是好汉

三个朋友才能扶上墙

三个臭皮匠顶个诸葛亮

共商大计智慧才高强

一呼三颠

在复杂的环境中随机应变

一口三舌

唱响独战群儒的高歌

一日三秋

把真挚的情感保留

一日三省

让思想变得更聪明

一问三不知

改掉懒惰的坏习气

一隅三反

让天空更加湛蓝

一日三餐

锅碗瓢盆会碰响

一家三口

今生珍惜来世还要守候

赏析

　　诗歌融合了许多与一和三有关的说法和成语。这些成语和说法体现了我国传统文化中对团结、智慧、自我反省等方面的重视，同时也揭示了人们在日常生活中应当如何处理各种关系。

　　"一个好汉三个帮"强调了团队合作的重要性，表明在面对困难时，一个人的力量有限，需要朋友的帮助才能走得更远；而"三个臭皮匠顶个诸葛亮"则告诉我们，集体的智慧是无穷的，有时候平凡的人也能提出宝贵的建议。

　　"一呼三颠"和"一口三舌"则是描述在复杂环境中，如何运用智慧和口才化险为夷、应对挑战；"一日三秋"表达了真挚的情感对人际关系的重要性；"一日三省"则提醒我们要不断自我反省，提升自己的思想境界。

　　此外，"一问三不知"警示要改掉自己的坏习惯，追求更高的知识；"一隅三反"则鼓励从不同角度看待问题，让思维更加开阔；"一日三餐"和"一家三口"则描绘了平凡生活中的点滴，展现了人们对家庭和生活的热爱。

　　总体来说，这些成语和说法传达了处理一和三关系的智慧，教导人们要善于团结协作、发挥集体智慧、不断自我反省、珍惜家庭和友情，以此为基础，构建和谐的人际关系，创造美好的生活。

三和五的精彩人生

三和五都是奇数

相互提携

才能走向成功的道路

隔三岔五

三天送一次吉祥

五天送一次如意

生活像蜜一样的幸福

三五之夜

月圆人团聚

银光之下情真切

三五好友

情投意合

征程路上同牵手

三皇五帝

心存敬仰

铭记辉煌而悠久的历史

三五成群

有三的生生不息

才有五的精彩绝伦

三山五岳

有强大的后盾

洪荒之力征世界

赏析

　　这首诗以数字三和五为主题，巧妙地将它们融入生活的各个方面，展现了人生的精彩。

　　三和五都是奇数，相乘成为倍数，相互提携，才能走向成功的道路。

　　"隔三岔五"，意味着定期送来吉祥和如意，寓意着生活幸福美好。而"三五之夜"描绘了月圆人团聚的温馨场景，让人感受到家人朋友的真挚情感。

　　"三皇五帝"是中国历史上辉煌的一页，他们的事迹和思想今天仍然具有很高的借鉴意义。"三五成群"则代表了友谊，有了知心朋友的人生才更加丰富多彩。

　　"三山五岳"象征着我国的大好河山，展示了中华民族的雄伟气魄和团结力量。在发展的道路上，我们有着强大的后盾，必将取得辉煌的成就。

　　整首诗通过数字"三"和"五"的巧妙运用，展现了人生的美好、友谊的可贵、历史的辉煌以及祖国的壮丽，让人感受到生活的精彩和人生的意义。

四和五是好兄弟

四和五性格互补

四是偶数五是奇数

相互间保持一定距离

四和五形影不离

五退一步就拉起

四进一步就对齐

相互提携创造奇迹

五和四充满朝气

五四组成的节日

八十岁都在回忆

四和五人缘真好

行侠仗义

五湖四海的朋友都来投靠

四和五都很富有

一个四季发财

一个五谷丰登

四和五都是吉祥之星

一个四季平安

一个五福临门

四和五生活方式不同

一个过着四平八稳的生活

一个过着五彩缤纷的生活

四和五身怀绝技

一个有四两拨千斤的力气
一个会五行八作的技艺
四和五是好兄弟
四世同堂子孙旺
五朝宰相福灵地

赏析

这首诗歌描绘了四和五这两个数字的亲密关系，以及它们在不同场景中的表现。从形影不离的朋友，到携手创造的奇迹，再到回忆中的五四节日，四和五展现出了紧密相连的美好形象。

在接下来的诗句中，五和四的朋友圈子不断扩大，行侠仗义，五湖四海的朋友都来投靠。与此同时，四和五分别代表吉祥和财富，一个四季发财，一个五谷丰登。

此外，四和五的生活方式也各具特色，一个过着四平八稳的生活，另一个过着五彩缤纷的生活。而在身怀绝技方面，四和五各有所长，一个有四两拨千斤的力气，一个会五行八作的技艺。

最后，四和五作为好兄弟，共同见证了四世同堂的家族繁荣，五朝元老的福灵地，成为人们心中的美好象征。

诗歌通过描绘四和五的美好形象，展示了它们之间深厚的友谊，以及它们在不同领域取得的成就。

五和六同台竞技

在大自然的世界里
五是风，无所不至
六是地，承载万物
风吹大地阳光明媚

在音乐的世界里
五音疗愈
让人心灵慰藉
六律悠扬
让人心生诗意

在美学的世界里
五种金属的颜
如皇帝的脸贵重无比
六种鲜花的色
如天仙的腮娇艳欲滴

在建筑的世界里
五脊的屋顶熠熠生辉
六兽的宫殿气势磅礴

在人生的征途上
五谷能养育人生

六韬能征服世界
五和六同台竞技
惊艳整个寰宇

 **赏析**

　　这首诗妙语连珠，将五和六的对比运用在各个领域，展现了它们各自的魅力。五和六在我国文化中具有特殊的象征意义，如五代表五行、五音、五谷等，六则代表六艺、六律、六韬等。这两者在不同领域中各展风采，共同构建了我们丰富多彩的文化内涵。

　　在历史的长河中，五和六同台竞技，相互辉映。五音与六律共同谱写出优美动人的乐章，五种金属的颜色和六种鲜花的娇艳为人们带来了无尽的审美愉悦。五脊六兽的宫殿见证了我国古代建筑的辉煌，五谷和六韬则见证了我国人民勤劳智慧的一面。

　　在这个竞技舞台上，五和六犹如两位英勇的战士，并肩作战，共同惊艳了整个寰宇。它们是我国文化的重要组成部分，让我们为五和六的辉煌成就喝彩，为它们在未来的舞台上继续绽放光彩而努力。

六和九的爱情甜蜜

6 和 9 出生不同

6 出生在起跑线上

圆圈部在上方

9 出生在起跑线下

圆圈部在下方

6 和 9 都有自己的本事

6 把哨子吹得嘟嘟响

9 把气球吹上天

6 不是 9 的叛逆

9 也不是 6 的叛逆

只是角色不一样而已

6 和 9 有独特的数学天赋

6 除以 2 得 3

9 除以 3 得 3

这是相互之间达成的共识

6 和 9 躺在地上

是 6 还是 9

谁都没有错

只是看的人角度不同

理解万岁

6 和 9 完美结合在一起

6 是自然数

带来吉祥如意和生命的延续

9是有理数
思考成长的过程和美好的回忆
6和9走在一起
长久的爱情甜甜蜜蜜

赏析

　　这首诗讲述了数字6和9的爱情故事。它们虽然出生不同，角色各异，但彼此并无叛逆，只是各自有独特的本事。6和9都有自己的才华，6擅长吹哨子，9擅长吹气球，它们相互尊重，理解对方，共同营造甜蜜的爱情。

　　6和9具有独特的数学天赋，它们可以相互配合，如6除以2得3，9除以3也得3。它们相互理解，共同成长，无论是在地上躺着，还是相互结合，都能呈现出美好的画面。

　　6代表自然数，象征着吉祥如意和生命的延续；9代表有理数，寓意思考成长的过程和美好的回忆。当6和9走在一起，它们的爱情长久且甜甜蜜蜜，让人羡慕不已。

　　这首诗通过6和9的爱情故事，告诉我们理解和尊重是爱情的基石，只有站在正确的位置，才能看到事物的真实面貌。在爱情中，我们应该学会欣赏对方的独特之处，相互扶持，共同成长，才能让爱情甜蜜长久。

七和八是恩爱的夫妻

调整七上八下的情绪

狂风暴雨已经过去

倒塌的房子可以再起

收拾七零八落的家里

忙得不可开交

人进房间手脚麻利

对七嘴八舌的猜疑

身正不怕影子歪

做恩恩爱爱的夫妻

不做七折八扣的买卖

货真价实

赢得源源不断的客来

七拼八凑把客待好

虽是粗茶淡饭

却是纯朴的为人之道

虽然七老八十了

不倚老卖老

遵循做人的规矩不能少

七和八形影不离

相濡以沫

人生路上走到底

赏析

　　这首诗描绘了一对恩爱夫妻的生活画面。他们共同经历了风雨，携手度过艰难时刻。在生活的曲折中，他们彼此支持，坚守诚信，赢得了顾客的青睐。尽管岁月流转，他们依然相濡以沫，坚守为人处世的规矩，不离不弃，共度一生。

　　诗中通过七和八这两个数字，描述了夫妻二人在狂风暴雨过后，重建家园，收拾七零八落的家中事务。在面对七嘴八舌的猜疑时，他们坚信身正不怕影子歪，坚守诚信，赢得了他人的信任。

　　在日常生活中，他们不做七折八扣的买卖，坚持货真价实，以此赢得了源源不断的顾客。在款待客人时，他们七拼八凑，把最好的东西呈现给客人，虽然只是粗茶淡饭，却充满了纯朴的为人之道。

　　即使岁月流转，夫妻二人已至七老八十，他们依然坚守做人的规矩，不倚老卖老。在人生路上，他们形影不离，相濡以沫，携手走到底。这首诗展示了恩爱夫妻之间深厚的感情，以及他们在生活中坚守诚信、为人处世的美好品质。

十为九遮风挡雨

九和十都是两笔画

是形影不离的好兄弟

九叉腰蹲起

一撇已经迈出

横折弯钩就是奋斗的轨迹

少了一撇的理想

其他轨迹就会失去意义

十大气站立

一横一竖充满霸气

上下左右的距离相差无几

但不能倒立

否则乱了笔画的顺序

九和十心知肚明

一步之遥就分出高低

九端正自己的思想

十知道来之不易的位置

九对十忠诚

十为九遮风挡雨

九作为牢固的基石

十才能登上最高的阶梯

九五之尊

不一定有十全十美的结局

十全十美

不一定有九五之尊的权力

八九不离十

就是人生成功的秘密

 **赏析**

    这首诗意味深长，以数字九和十的形象比喻人生的奋斗和成长。九和十，两者都是两笔画，它们形影不离，象征着在人生道路上相互扶持的朋友。九叉腰蹲起，一撇已经迈出，代表着积极向上的行动力，横折弯钩就是奋斗的轨迹，少了一撇的理想则失去了意义。

    十大气站立，一横一竖充满霸气，上下左右的距离相差无几，但不能倒立，否则乱了笔画的顺序，这里暗示了人生中的原则和底线。九和十心知肚明，一步之遥就分出高低，提醒人们要珍惜眼前的差距，不断努力。

    九作为牢固的基石，十知道来之不易的位置，九对十忠诚，十为九遮风挡雨，这表达了友谊和互助的力量。然而，九五之尊，不一定有十全十美的结局，十全十美，也不一定有九五之尊的权力，这揭示了人生中的得失与取舍。

    最后，八九不离十，就是人生成功的秘密。这首诗通过数字九和十的生动描绘，传达了奋斗、坚持、互助和珍惜等人生价值观。在人生的道路上，我们要像九和十一样，相互扶持，共同成长，努力追求属于自己的九五之尊，同时明白十全十美并非人生唯一目标，把握住八九不离十的原则，才能迈向成功。

九九归一

走好人生第一步
树立奔向九的理想
一心一意追赶
把烟雾缭绕的私心杂念
抛到九霄云外
不畏严寒酷暑
跌倒了又一次爬起
经过狂风暴雨
迎来九天一色的时机
人生没有一帆风顺
不经历九死一生
哪有九曲回肠的故事
没有一鸣惊人的成绩
哪来一言九鼎的话语
曲折坎坷的人生
从一到九的量变
九到一的质变
九九归一
就是人生真谛

赏析

这首诗表达了人生的曲折坎坷和不断追求进步的信念。从一到九，象征着人生的积累和成长。九九归一，意味着经历种种艰辛后，最终回归到人生的本质。

诗中提到"九"这个数字，象征着崇高的理想和目标。追求九的目标，需要一心一意，把私心杂念抛到九霄云外。在人生道路上，会遇到严寒酷暑、狂风暴雨，但要勇敢地站起来，不断追求进步，迎接美好的时机。

人生没有一帆风顺，不经历九死一生，哪有九曲回肠的故事。这意味着，在人生的道路上，需要经历挫折和困难，才能更好地体会生活的真谛。没有一鸣惊人的成绩，哪来一言九鼎的话语。这说明，只有通过努力奋斗，取得显著的成果，才能拥有令人信服的地位和话语权。

曲折坎坷的人生，从一到九的量变，九到一的质变，九九归一，就是人生真谛。这句话强调了量变引起质变的过程，暗示着在人生道路上，要不断积累、成长和蜕变，最终实现人生的价值和意义。

总之，这首诗鼓励人们要有坚定的信念，勇敢地面对人生的挑战，不断追求进步，最终实现人生的目标。在这个过程中，要保持一颗赤子之心，不断积累、成长和蜕变，从而领悟人生的真谛。

求　和

向霸道的性格求和
无解
向温柔的性格求和
有解
找到等差的数据
有解
找到等比的爱好
有解
把对方的缺点放大
无解
把对方的优点放大
有解
有且仅有一次机会
也想求和
不想求和
等号再大
也无解

赏析

　　这首诗像谜语，讲述了一种关于求和的概念。在这里，求和不仅是指数学中的运算，还代表着人与人之间的相处、包容和理解。通过诗中的对比和描绘，可以看出：

　　向霸道的性格求和是无解的，因为霸道的人往往不会考虑他人的感受，只关注自己的需求。

　　向温柔的性格求和是有解的，因为温柔的人更容易理解和关心他人，愿意为和谐相处付出努力。

　　找到等差的数据是有解的，等差数列是一种规律性较强的数列，容易找到规律并求和。

　　找到等比的爱好是有解的，等比数列也具有规律性，类似的爱好有助于人与人之间的交流和互动。

　　把对方的缺点放大是无解的，因为这会导致双方矛盾加剧，无法达成和谐。

　　把对方的优点放大是有解的，这样做可以增进彼此的了解和尊重，有助于建立和谐关系。

　　有且仅有一次机会，也要寻求和解，这意味着珍惜彼此相处的时光，努力化解矛盾，寻求共同点。

　　不想求和，即使等号再大，也无解。这说明在人际关系中，如果没有和谐相处的意愿，即使条件再优越，也无法实现和谐。

　　这首诗传达了在生活中寻求和谐的重要性，以及如何通过理解、包容和放大对方的优点来实现和谐。这对于我们处理人际关系具有一定的启示作用。

第八辑

五味杂陈

六一儿童节

小时候
我不知道节日的来历
像快乐的小鸟
后来
我知道节日的来历
想起那罪恶的毒火
像受伤的小鸟
现在
我看着儿子的红领巾
是幸福的火苗在燃烧
儿子像快乐的小鸟
我却陷入深深的思考

赏析

　　六一儿童节是一个充满欢乐与幸福的节日，对孩子们来说，这一天就像是快乐的小鸟翱翔在天际，无忧无虑。小时候，我们或许并不知道这个节日的来历，只知道这是一个让我们开心快乐的日子。

　　随着时间的推移，我们长大了，了解了六一儿童节的来历。那是一段沉重的历史，罪恶的毒火提醒着我们珍惜和平，关爱儿童。就像受伤的小鸟，我们在历史的洗礼中学会了成长和坚强。

如今，我们拥有了下一代，看着他们戴着红领巾，欢度这个节日，那幸福的火苗在燃烧，仿佛是希望之光照亮了未来。孩子像是快乐的小鸟，翱翔在蓝天白云之间，而我们却陷入了深深的思考——如何为孩子们创造一个更美好的世界。

在这个特殊的日子里，让我们铭记历史，珍爱和平，为孩子们的幸福成长共同努力。愿每一个孩子都能在六一儿童节这一天像快乐的小鸟，享受到无尽的欢乐，茁壮成长。

冲锋号

有一种冲锋号

洗礼时代

号声响彻云霄

许多人听了激动

有些人听了颤抖

号声席卷残枝败叶

宽敞的道路干干净净

 **赏析**

冲锋号能鼓舞士气、激励战士们勇往直前。号声激昂，象征着勇敢、坚定和信念。

号声响彻云霄，许多人听了激动，这是因为冲锋号具有强烈的感染力，让人热血沸腾，激发人们的斗志；而一些人听了颤抖，则是因为冲锋号所代表的变革和挑战，让他们感到不安和担忧。

号声席卷残枝败叶，宽敞的道路干干净净，这里的"残枝败叶"可以理解为弊端和困境，宽敞的道路象征着新的开始和机遇。冲锋号在这里起到了一个启示作用，鼓舞人们勇敢地迎接挑战，积极地追求进步。

堵　车

一条路很长
连着乡愁
一段路很挤
堵着乡愁
汽车很无奈
扛着大包小包
左顾右盼
慢慢爬行
气喘吁吁
汽车本是缩短乡愁的使者
却变成
堵着乡愁的肇事者

赏析

　　这首诗描绘了堵车的情景，以及在这样的情境下，人们对乡愁的感受。诗中提到，汽车原本是用来缩短乡愁的工具，如今却变成了堵住乡愁的罪魁祸首。这里所指的乡愁，可能是对家乡的思念，也可能是对过去美好生活的回忆。

在现代社会，随着交通的发展，人们的出行更加方便，但与此同时，堵车也成为一个普遍的现象。这首诗通过描绘堵车的场景，表达了人们在追求便捷出行的同时，也在承受着乡愁的煎熬。

诗中运用了生动的比喻和拟人手法，如"汽车很无奈，扛着大包小包，左顾右盼，慢慢爬行，气喘吁吁"，形象地展现了堵车时汽车的状态，以及人们在等待中焦虑的心情。

这首诗以堵车为背景，表述了现代社会中人们对乡愁的情感体验，表达了人们在追求物质生活便利的同时，也在忍受着乡愁。

换鞋奔跑

没有鞋在路上奔跑
脚底会钻心地疼
渴望有一双奔跑的鞋
一双初生的鞋
开始并不美观
却寄托奔跑的希望
前天穿着初生的鞋奔跑
步履蹒跚
昨天穿着前天的鞋奔跑
步伐稳定
今天穿着昨天的鞋奔跑
步伐更加轻松
明天穿着今天的鞋奔跑
步伐铿锵有力
后天穿着明天的鞋奔跑
步伐跨越时空隧道
每一次奔跑
都是一种接续的思考
既是锻炼身体
也是奔向辉煌的前程

赏析

　　诗描绘了一幅奔跑的画面，寓意着人生的成长和不断前进。在这首诗中，以鞋为载体，展现了不同时期奔跑的脚步。从初生的鞋到昨天的鞋，再到今天的鞋，每一步都代表着人生阶段的转变和成长。

　　鞋子象征着人生道路上的陪伴和助力。刚开始的鞋子可能并不美观，但它代表着新生的希望。随着我们不断奔跑，鞋子也逐渐变得成熟，代表着我们在人生道路上积累的经验和智慧。

　　在诗中，强调了奔跑的过程，不仅是对身体的锻炼，更是对心灵的磨砺。每一步奔跑都让我们更加坚定地奔向辉煌的前程。同时，这首诗也暗示着我们要珍惜过去的经历，勇敢地面对未来的挑战。

　　总之，这首诗通过奔跑鞋子的演变，展现了人生的历程，寓意着成长、拼搏和希望。让我们在人生的道路上，不断奔跑，勇往直前，迈向更加美好的明天。

回南天

冬天的寒风
把玻璃心冻结
春天的南风
送来温暖的阳光
一块块玻璃
感动得泪流满面

赏析

回南天是指春季南方地区气温逐渐升高，湿度也逐渐加大，天气变化的一种现象。在这种天气下，人们常常感到潮湿、闷热，很不舒适。

诗中以玻璃心来形容自己在冬天的感受，玻璃心象征着脆弱、敏感的心灵。当冬天的寒风肆虐时，玻璃心被冻结，象征着心灵受到了伤害。春天的南风则代表着温暖和希望，它化解了冰冻的玻璃心，让心灵重新感受到阳光的照耀。在这个过程中，一块块玻璃被感动得泪流满面，寓意着人们心中的悲伤和压抑在温暖阳光下逐渐消散，取而代之的是感动和希望。

这首诗通过回南天这一气候现象，展现了冬去春来、希望战胜困境的主题。在生活中，我们也会遇到种种困难，但只要保持乐观、积极的心态，勇敢面对，总会迎来温暖的阳光。

会议室

不会讲话

是一个忠实的听众

台上的人讲得对

它默许

台上的人讲得不对

它思考

对于形形色色的人发言

它铭记在心中

作为历史的见证人

 **赏析**

　　会议室，一个见证了无数次会议的地方。在这里，人们各抒己见，表达着自己的观点和想法。而它，默默倾听着每个人的发言，忠实地记录着这些观点。

　　在会议上，它始终保持沉默，不发表任何意见，只作为一个忠实的听众。当台上的人发表正确观点时，它会在心中默默赞同；而当有人说得不对时，它会用心思考，辨别真假。对于形形色色的人发言，它都会铭记在心中，作为历史的见证人。

随着时间的推移，会议室见证了诸多事件的发生，成为历史的见证者。它深知自己肩负着重要的使命，那就是将这些珍贵的史料保存下来，以便后人借鉴和学习。会议室里的它，仿佛一位博学多才的智者，默默守望着这片土地，传承着历史的记忆。在这漫长的时间里，它始终坚守着自己的职责，保持着沉默，等待使命圆满完成的那一天。

奖 状

房子沉默不语
因为它被抵押了
一个中年妇女
小心翼翼地
拆下一张张奖状
房子心很痛
就像撕下自己的皮
它愿意用这些闪光的皮
组成有砖有瓦的房子
只是没有开启的门
奖状整齐地躺在箱子里
中年妇女静静地抚摸着
眼里闪着希望的光
女儿那些厚重的奖状
会打开那一扇金色的门

赏析

　　房子沉默不语，仿佛能感受到主人内心的无奈与忧虑。它曾见证过这个家庭的高光时刻，如今却因为生活的压力而变得黯然失色。在这个寂静的夜晚，中年妇女小心翼翼地拆下一张张奖状，仿佛在揭开过去的记忆。

　　房子心很痛，就像撕下自己的皮。它愿意用这些闪光的皮，组成有砖有瓦的房子。奖状整齐地躺在箱子里，她静静地抚摸着，眼里闪着希望的光。

　　这些奖状，是女儿一路走来的见证，是她付出努力的回报。中年妇女坚信，这些金色的奖状终将打开那一扇通往美好未来的门。尽管生活艰辛，但她从未放弃希望，坚信一切都会好起来。

　　房子静静地守护着这个家庭，期待着曙光的出现。它相信，在不久的将来，这个家将迎来新的生活，那些闪光的奖状将再次挂满墙壁，见证一家人的奋斗与成长。而房子，也将重新焕发生机，成为这个家庭的坚实依靠。

解读公文包

公文包用塑料做成的
有四方形的
也有圆形的
公文包里没有文字
但饱含传统的文化
公文包里装满乡愁
装满孩童时的趣事
装满久逢的千言万语
装满在他乡的酸甜苦辣
公文包不用眼睛阅读
用豪爽的碗阅读
见面就是一大碗
梦幻的双眼一闭
用喉咙说话
咕噜咕噜的母语
一下就解读完
面红耳赤的表情
像上刀山下火海的兵
把自己喝成公文包
摆在久违的沙发上
是回乡的最高境界

赏析

这首诗以公文包为象征，表达了乡愁、人情、回忆的复杂情感。公文包虽然外形简单，但其中却蕴含着丰富的文化内涵和人生经历。

诗中提到的公文包是用塑料制成的，有四方形和圆形两种款式。这种公文包并无特殊标识，却充满了传统的文化气息。在这里，公文包可以理解为承载着传统文化的象征物。

公文包里没有文字，但饱含传统的文化。这里的文化不仅指书面知识，更包括生活中的习俗、风俗以及人与人之间的情感。

公文包里装满了诗人的乡愁、孩童时的趣事、久逢的千言万语以及在异乡的酸甜苦辣。这些回忆和经历，构成了诗人的人生画卷，也是他乡愁的源泉。

在诗中，公文包不用眼睛阅读，而是用豪爽的碗阅读。这里的"碗"象征着热烈的情感和真挚的友谊。当和亲朋好友久逢，见面便是一大碗酒，通过喝酒来表达彼此的情感。在这种场合下，人们闭上梦幻的双眼，用喉咙说话，"咕噜咕噜"地交谈。这种独特的沟通方式，一下就解读完了彼此心中的思念和感慨。

最后，诗人把自己喝成公文包，摆在久违的沙发上。这是回乡的最高境界，意味着诗人在酒精的催化下，完全沉浸在故乡的氛围中，与亲朋好友畅谈欢聚。这种境界，是诗人对故乡深深的眷恋和思念之情的体现。

在诗中，公文包成为连接过去与现在、故乡与他乡的纽带，寄托了诗人无尽的思念之情。

买黄瓜

黄瓜弯着腰

静静地躺在那里

默默地看着买菜的人

一根黄瓜"顶花带刺"

体态匀称

一只手伸过来

然后买走了它

弯腰的黄瓜明白

买菜的人看长相

喜欢外表光鲜亮丽

不看内涵是否丰富

弯腰本是光照不足

自己却无人问津

 **赏析**

　　在这个场景中，黄瓜弯腰代表着那些外表不起眼，但内涵丰富的人。黄瓜静静地躺在市场上，默默地看着买菜的人。买菜的人往往喜欢外表光鲜亮丽的事物，比如"顶花带刺"的黄瓜。

买菜的人买走了体态匀称的黄瓜，而弯腰的黄瓜却无人问津，这说明了在现实生活中，一些人注重外表，而忽视了内涵。他们容易被外表光鲜的人或事物所吸引，却忽略了那些外表不起眼但内涵丰富的人或事物。

然而，弯腰的黄瓜并非一无是处，它们也有自己的优点。正如诗中所说，弯腰本是光照不足。有些人在经历挫折后，依然拥有强大的内心和独特的魅力。这些人往往需要在逆境中发掘自己的价值，才能得到别人的认可。

这首诗通过对比黄瓜的不同形态，揭示了现实生活中人们对外表和内涵的不同态度，提醒人们要关注那些外表不起眼但内涵丰富的人或事物，不要仅因为外表而忽视了其内在价值。同时，也鼓励那些外表不起眼的人，要相信自己的价值，勇敢地展现自己的魅力。

撬起不思悔改的石头

神情严肃的地平线

是一条有分寸的杠杆

深谙质量守恒定律

一座座沉默的高山

是质量厚实的砝码

神秘的地球引力中心

是灵活而稳定的支点

不断延伸力臂

减少风吹来的阻力

面对朗朗乾坤

用太阳赋予的力量

撬起一块不思悔改的石头

在熊熊烈火中反思

然后慢慢焚烧解体

蜕变成白色的石灰

重获新生

赏析

　　这是一首富有哲理的诗，通过描述用杠杆原理撬起一块不思悔改的石头的过程，表达了质量守恒定律和地球引力中心在其中的重要作用。同时，诗中提到石头在熊熊烈火中反思，然后慢慢焚烧解体，蜕变成白色的石灰，象征着重生与变革。

　　质量厚实的砝码和高山象征着坚定的信念和坚实的基础，灵活而稳定的支点则代表坚定的决心和恰到好处的策略，太阳赋予的力量象征着正能量和无穷的力量。

　　这首诗通过富有想象力的比喻和象征手法，传达了在面对困难和挑战时，应坚定信念，运用智慧和力量，实现自我反思和蜕变的道理。最终，经过磨砺和洗礼，能够获得新生，迎接更美好的未来。

烧鸡的味道

八岁时
他和父亲坐火车
列车员推着烧鸡
他流着口水
父亲掏出身上所有的钱
买了一只
父亲咂咂嘴说不饿
他一下就吃完了
他知道味道
父亲却不知道味道

六十岁时
他和父亲坐火车
列车员推着烧鸡
父亲盯着烧鸡
他买了一只
父亲慢慢品尝
他问味道如何
父亲笑着说
和他上次吃的味道一样
他和父亲都知道了味道

赏析

　　这个故事表达了烧鸡味道的两个层面：八岁时，儿子品尝到了烧鸡的美味，而父亲却为了儿子忍住了饥饿；六十岁时，父亲终于品尝到了烧鸡的味道，而儿子却已经不再饥饿。这两个场景反映了父子之间深厚的感情，以及他们各自在不同年龄阶段的生活经历。

　　在这两个年龄段，烧鸡的味道对他们来说有着不同的意义。八岁时，儿子只知道烧鸡的美味，而父亲却为了儿子忍饥挨饿；六十岁时，他们都已经品尝到了烧鸡的味道，这种味道成为他们共同回忆的纽带。这份味道不仅代表着食物的美味，更见证了父子间的成长与相互关爱。

　　这个故事也让我们意识到，生活中的点滴经历和亲情之间的相互关爱是多么宝贵。在不同的年龄阶段，我们可能体会到不同的味道，但那些与亲人共度的时光才是最珍贵的。当我们回顾过去，会发现那些平凡的日子中蕴含着无尽的温暖和爱意。

挑山工

有些人爬山是生活
有些人爬山也是生活
一条消瘦的扁担
吱呀吱呀地喘着粗气
挑着两座晃动的山
脚下踏着大山
像站着的矿泉水瓶
汗流浃背
一步步往上攀登
有些人踏着大山
肩上没有大山
山高人为峰
欢声笑语
挑山的人在山中
赏景的人也在山中
是两道不同的风景
有一种风景让人赏心悦目
有一种风景让人肃然起敬

　　这首诗描绘了挑山工辛勤攀登的画面，他们肩负着生活的重担，一步步攀登，把汗水洒向大山。在这个过程中，他们成为大山中的一道独特风景。

　　挑山工，他们肩负着家庭的责任，为了生活，不畏艰辛，勇敢攀登。消瘦的扁担，吱呀吱呀地喘着粗气，挑着两座晃动的山。挑山工脚下踏着坚实的大山，像站着的矿泉水瓶，稳稳地前行。汗水湿透了他们的衣背，但他们依然坚定地一步步往上攀登。

　　与此同时，有些人踏着大山，肩上没有大山。他们山高人为峰，欢声笑语，享受着攀登的乐趣。挑山的人在山中，赏景的人也在山中，两道不同的风景交织在一起，形成了一幅画卷。

　　在这画卷中，有一种风景让人赏心悦目，那是挑山工坚韧不拔的身影；有一种风景让人肃然起敬，那是挑山工为了生活，肩负重任的担当。他们用汗水和努力，在大山中谱写了一曲劳动者最美的赞歌。

无私的氧气

无色无味
无影无踪
推着圆形的轮子
走遍天涯海角
永不停息
面对种种诱惑
从不搭理
爱惜芸芸众生
满世界付出
感天动地
有些人不尊重付出
那浓烟滚滚的烟囱
真想变成一场大雨
将其完全灭熄
一个医术精湛的医生
不用打针不用吃药
用鼻子闻一下
立马站立
一旦拔开管子
有些人欢声笑语
有些人悲伤哭泣
不求名不求利
做事不留痕迹
呵护世间万物
从不收一分一厘

赏析

　　这首诗描述的是氧气，它是人们生活中不可或缺的元素。氧气的化学式是 O_2，像圆形的轮子。氧气无色无味，无私地推动着生命的轮子，走遍世界的每个角落。它面对诱惑从不搭理，对所有人的爱都是无形的，感天动地。

　　然而，有些人却不尊重氧气的付出，污染空气，让烟囱浓烟滚滚。诗人希望氧气能化身一场大雨，将这些污染消灭。氧气像医术精湛的医生，不用打针吃药，只是让患者闻一下，就能立刻恢复健康。

　　然而，氧气知道哪些病人能治好，哪些病人不能治好，拔开管子时，有些人欢声笑语，有些人却悲伤哭泣。氧气不求名不求利，它的付出从未留下痕迹。它呵护着世间的万物，从不收取一分一毫。这首诗用富有情感的语言，揭示了氧气的伟大和无私。

心　门

我的门开着

随便进进出出

我的门虚掩着

轻敲同意后才能进

我的门紧锁着

敲得再响也进不了

除非有心的钥匙

 **赏析**

　　这首诗的主题是"心门"，用以表达心灵的开放与封闭。在这里，门象征着一个人的内心世界，不同的门状态代表着不同的心理状态。

　　第一种状态，门开着，意味着心灵是完全开放的，欢迎他人自由进出，这种状态往往出现在人际关系较为融洽、心态阳光的人身上。

　　第二种状态，门虚掩着，表示心灵处于一种半开放的状态。这时，心灵的主人对外界的态度是谨慎的，只有在对方轻轻敲击，有了认可后，才愿意打开心门，接纳对方。

　　第三种状态，门紧锁着，象征着心灵完全封闭，无论外界如何敲门，也无法进入。这种状态可能出现在遭受挫折、心灵受到创伤的人身上，他们对外界抱有警惕和防御心理。

最后一种状态，拥有心的钥匙，这意味着拥有打开他人心灵之门的能力。在人际关系中，这种人往往具有较高的同理心和理解力，能够走进他人的内心世界，与他人建立深厚的情感联系。

这首诗提醒我们，要用心去经营人际关系，用真诚和理解去开启彼此的心门。同时，也要学会保护自己，避免让负面情绪和伤害侵入心灵。

一朵巡游的白云

没有浮力
是清风把它托起
它不害怕寒冷
每天都有温暖的太阳
东西南北中
都是它巡游的地方
拨开层层迷雾
一双火眼金睛
能看见哪里干净哪里脏
它不害怕孤独
有星星和月亮陪伴
它不害怕落下
稳稳地飘浮在空中
为了海晏河清
为了炊烟袅袅
它在空中自由地飞翔

赏析

这首诗描绘了一朵勇敢、坚韧的白云，它在空中自由翱翔，不受浮力的限制，清风成为它的翅膀，温暖阳光给它带来力量。东西南北中，都是它巡游的地域，它用火眼金睛拨开迷雾，看清世界的洁净与污浊。

在它的旅途中，星星和月亮成为它的陪伴，让它不感到孤独。它稳稳地飘浮在空中，坚定地飞翔。它为了海晏河清，为了炊烟袅袅，勇敢地穿越天际，展现出一幅美丽的画卷。

这首诗寓意着人们在追求美好的过程中，要像这朵白云一样，勇敢、坚韧、无惧困难，勇往直前。在追求理想的道路上，要拥有坚定的信念，看清世界的本质，勇敢面对挑战，为了美好的未来而努力奋斗。

一面委屈的镜子

刚一露面

就被好事者

捕风捉影

尽管你不在里面

真假难辨的事实

变成铁一样的证据

有口难辩

只有撕破脸皮

那些歪曲的事实

再也找不到

镜子很无辜

给别人打照面的机会

却被别有用心的人利用

跳到大海也洗不净的冤屈

笼罩着自己

赏析

  这是一首描绘镜子遭遇委屈的诗。镜子本是一种无辜的物品，为人提供照见自己的机会，却被别有用心的人利用，捕风捉影，将虚假的事实变成铁一般的证据。这让镜子感到冤屈，即使跳入大海也洗不清。

  在生活中，我们也常常遇到类似的情况。我们应该尊重他人，不要随意捏造，让无辜者受到伤害。

  同时，我们也要学会自我保护，面对委屈和冤屈，要勇敢地站出来，为自己辩护，让真相大白于天下。在这个世界上，正义终会战胜邪恶，只要坚持真相，正义之光总会照耀在我们身上。